La Robe

JÉRÔME DE VERDIÈRE

La Robe

Roman

le cherche midi

Vous pouvez consulter notre catalogue général
et l'annonce de nos prochaines parutions sur notre site :
www.cherche-midi.com

92, avenue de France
75013 Paris

Conception graphique : Justine Dupré
Mis en pages par : Nord Compo
Dépôt légal : mai 2022
ISBN : 978-2-7491-7198-2

À Eliot, Justine et Camille qui font le monde de demain,
et Amandine qui fait le monde d'aujourd'hui.

Les progrès de l'humanité se mesurent aux concessions
que la folie des sages fait à la sagesse des fous.

Jean Jaurès

Il ne le sait pas mais c'est tombé sur lui. Ç'aurait pu être vous. Ç'aurait pu être moi. Mais c'est lui. Un type comme un autre.

Il est dix-huit heures quatorze minutes (et cinquante-trois secondes, si l'on veut être précis). À dix-huit heures quinze, dans sept secondes, c'est-à-dire le temps que vous finissiez de lire cette phrase, la vie d'un homme va basculer.

18 h 15

« Je suis lessivé ! »

Jean-Pierre a l'imperméable fatigué. Son visage, lui aussi, est tout chiffonné. Il a balancé ses clés de voiture sur la commode de l'entrée et s'est affalé dans le canapé du salon. Même pas le courage d'ôter sa pelure. C'est comme ça qu'Isabelle nomme son imper. Pourtant, elle l'a aimée, cette pelure... C'est même elle qui la lui a achetée, il y a une quinzaine d'années. Un cadeau d'anniversaire. Un imperméable Burberry très chic et très cher qui donnait à son mari, trouvait-elle, une allure mystérieuse. « Tu as l'air d'un personnage tout droit sorti d'un roman de Modiano, j'adore ! »

Ça, c'était avant. Maintenant, elle ne cesse de se plaindre de cette antiquité vestimentaire. « Elle a fait son temps, jette-la ou donne-la à un clochard ! » Oui, mais voilà, Jean-Pierre l'aime encore, sa pelure. Elle est un peu râpée au col, usée aux manches, mais ça se voit à peine. Et puis il s'y est habitué. C'est devenu sa seconde peau des premières pluies de septembre aux timides douceurs d'avril. Lui arracher cet imper reviendrait à l'écorcher vif.

Les bras écartés sur les accoudoirs du canapé, les jambes bien droites dans l'alignement de son buste, la tête légèrement renversée, Jean-Pierre ressemble au Christ. Un Christ en imperméable beige cloué à un sofa.

Sur la table basse, un paquet-cadeau très élégant l'empêche d'y poser ses pieds. Qu'est-ce que c'est que ça encore ? Il n'a pas la force de poser la question et pas le courage de le pousser du bout de la chaussure pour se faire de la place. Alors il ferme les yeux...

18 h 16

« Je suis complètement lessivé ! »

Il y a de quoi. Jean-Pierre a passé pas loin de cinq heures dans l'auditorium sans fenêtre au sous-sol d'une tour de La Défense. Une demi-journée de formation sur le thème « *Design thinking* : comment développer sa créativité ».

Sur scène, un type d'une petite trentaine d'années, en bras de chemise, barbe de trois jours, micro à la main, déambule comme le font les comiques du Jamel Comedy Club. Le public est composé d'une vingtaine de cadres supérieurs de l'agence Com'Booster. Le type a donné le ton dès le début. « Aujourd'hui, je vais vous demander d'être disruptifs, de casser les codes, de vous rebeller... Tout le monde est ok ? » Quelques réponses timides. « J'ai pas bien entendu... Est-ce que tout le monde est ok ? » Les futurs formés comprennent qu'ils doivent obéir à celui qui, quelques secondes plus tôt, réclamait d'eux précisément le contraire, la désobéissance.

Une contradiction qui ne l'étonne même plus. Mais comme tout le monde, il y va de son « oui » sonore qui s'ajoute à ceux plus ou moins enthousiastes de ses collègues. Dans ce genre de séminaire, il faut se laisser porter, écouter et approuver quand on vous le demande. Attendre la fin en espérant que ça aille vite... et rentrer chez soi.

Les fondations étant posées, l'animateur se fait historien. « Le *design thinking* est une technique de management révolutionnaire née en Californie dans les années 1980... »

« Ça fait long, quarante ans, pour traverser l'Atlantique », songe Jean-Pierre sans oser le formuler. Il aurait l'air bête. Tout le monde sait que la France, après avoir été à la pointe, a pris depuis belle lurette l'habitude d'être en retard d'une révolution. Il vaut donc mieux garder le silence et écouter en quoi consiste le fameux *design thinking*... Alors, en gros, ça consiste à demander aux gens d'une même entreprise d'écrire, à partir d'un sujet imposé, tout ce qui leur passe par la tête. Puis d'en faire la lecture « dans une écoute bienveillante » (le formateur insiste là-dessus) afin de dégager une idée centrale qui sera alors « conceptualisée » avant d'être proposée au client.

« Ouais, grommelle-t-il en se penchant vers son voisin, en fait, son *design thinking*, c'est une réunion avec trois clampins, des crayons et des blocs-notes, je ne vois pas bien ce que ça a de révolutionnaire... »

Au même instant, le formateur adopte un autre registre. Fini le stand-up, on passe à la messe. L'artiste laisse sa place au gourou, sans changer de chemise.

« Je vais vous proposer des affirmations. Si vous pensez qu'elles sont vraies, mettez votre main droite sur votre tête. Si vous pensez qu'elles sont fausses, mettez votre main gauche sur votre ventre. Vous êtes prêts ? Allez, c'est parti ! »

Et c'est effectivement parti. Les cadres sup' de Com' Booster dansent une sorte de *Macarena* du secteur tertiaire au rythme de la psalmodie du formateur.

C'est à compter de ce moment-là que Jean-Pierre sent monter en lui une grande lassitude. Et un certain dégoût de lui-même.

18 h 17

« Chérie ? Tu m'entends ? Je suis lessivé ! Complètement lessivé !

— C'est bien, mon amour.

— Tu trouves ça bien que je sois lessivé ?

— Qu'est-ce que tu dis ? »

Que peut bien fabriquer Isabelle dans la salle de bains à cette heure-là ? Ce n'est pas son genre. Voilà une femme parfaitement organisée. Ses séjours dans cette pièce d'eau n'ont lieu que le matin au réveil et le soir juste avant de se coucher. Isabelle est une grande brune de cinquante ans dont le teint diaphane n'a jamais eu grand besoin de maquillage. Une touche légère avant d'attaquer la journée, qu'elle efface rapidement à sa conclusion. C'est cette beauté naturelle qui, il y a vingt-cinq ans, a plu à celui qui allait devenir son mari. Et qui lui plaît encore.

Isabelle était étudiante en médecine quand Jean-Pierre commençait sa vie professionnelle dans la publicité. Lorsqu'il l'a recontactée après leur première rencontre pour aller boire un verre, elle a accepté, plus par curiosité qu'autre chose. Que pouvait bien lui vouloir ce grand type à lunettes, pas dénué de charme, mais pas non plus d'une sensualité ardente ? Même si elle avait une petite idée sur ses intentions, elle était surtout désireuse de savoir comment il allait s'y prendre. Et il s'y est pris comme un manche. « Tu m'as tapé dans l'œil... Depuis j'ai mal... Toi qui es en médecine, tu ne connais pas un bon ophtalmo ? » Un procédé de drague de bas étage, mais qui a suffisamment amusé Isabelle pour qu'elle accepte un deuxième, puis un troisième rendez-vous. Leur histoire d'amour venait de commencer. Par un baiser.

Jean-Pierre était maladroit, drôle, charmant. Et puis il avait l'air d'être un type bien... C'est ce que Catherine, la sœur aînée d'Isabelle, lui avait dit après l'avoir croisé, prétendument par hasard (en fait, tout avait été orchestré). « Ton mec est un type bien. »

Isabelle était jolie, sûre d'elle, maline. Ses beaux yeux noirs pétillaient d'intelligence. Une intelligence joyeuse. Elle souriait avec les yeux. Un cocktail dont le jeune Jean-Pierre s'était épris. Un cocktail qui le séduit encore.

« Je dis : tu trouves ça bien que je sois lessivé ?

— Dans le frigo !

— Dans le frigo ? Quoi dans le frigo ? !

— Comment ?

— Je te dis que je suis lessivé et tu me réponds “dans le frigo” !

— J’entends mal... »

Il a remarqué, merci.

Pourtant, d’habitude, c’est elle qui l’accuse de ne pas l’écouter. Ces derniers temps, leur vie se résume à un aimable dialogue de sourds, souvent consacré, justement, à la question de l’écoute...

Selon elle, plus les années passent, plus Jean-Pierre perd la mémoire. Comme précocement frappé par Alzheimer. « Comment va votre femme ? a-t-il demandé l’autre jour au gardien de l’immeuble.

— Toujours morte », lui a-t-il répondu tristement.

Ce n’était pourtant pas faute de lui avoir rappelé plusieurs fois le veuvage du concierge. Mais son mari ne l’écoute pas, ne l’écoute plus. Les hommes n’écoutent pas les femmes, de peur de découvrir qu’ils ont tort, estime Isabelle.

Bref ! Ces deux-là tournent un peu en rond. Sans heurts. Et même souvent avec des moments de bien-être. Mais ils tournent en rond quand même... « Ça roule entre nous, non ? » demande-t-elle régulièrement. À chaque fois, il a envie de lui répondre que ça tourne plus en rond que ça ne roule, mais de guerre lasse, pour ne pas envenimer les choses, il prend le parti de garder le silence et d’acquiescer.

« Je te dis que j'entends mal !

— Laisse tomber ! En tout cas, je te remercie, je vois que mon sort te passionne...

— Comme d'habitude, dans le tiroir du haut ! »

Jean-Pierre lève les yeux au ciel. À cause des incohérences de cette discussion qui n'en est pas une avec son épouse ? De cette abominable journée de formation absconse ? Ou plus simplement de ses cinquante-cinq ans qui commencent à lui peser ? Il est las et se sent seul. Presque abandonné, bien que sa femme ne soit qu'à quelques mètres de lui. Ils ne sont finalement séparés que par deux fines cloisons de leur appartement parisien. Mais le constat n'en reste pas moins amer. Il soliloque, seul, enfoncé dans un canapé, exposant son mal-être dans le vide d'un salon aux meubles bourgeois sans être ostentatoires. Comme d'habitude...

Tous les dix ans, avec une régularité de métronome, Isabelle change tout. Sa dernière lubie décorative fut scandinave. Ça ne déplaît pas à Jean-Pierre, sans l'enthousiasmer non plus. Qu'est-ce qui l'enthousiasme ces temps-ci de toute façon ? Pas grand-chose... Devant les meubles danois, suédois, finlandais, il affiche une neutralité suisse. Dans les bons jours, il trouve ce décor sobre et raffiné. Dans les mauvais, il a l'impression bizarre d'habiter un appartement-témoin-de-résidence-alpestre-de-vacances-haut-de-gamme. Globalement, il s'en fout.

Ce que Jean-Pierre ignore, c'est que ce détachement qui va crescendo inquiète de plus en plus sa femme. Isabelle s'en était confiée à son amie Solange, à l'époque où elle mettait en chantier la salle de séjour : « Tu te rends compte ? Il me fait sa crise de la cinquantaine en pleins travaux ! »

Jean-Pierre semble n'être plus présent au monde que par les canaux des chaînes d'information. S'il devine ce que mijote le gouvernement américain en Syrie, il ignore ce qui se passe dans son propre salon. Isabelle voit son mari quitter les rives de l'intime pour se diriger vers le gouffre de l'abstraction diluée dans un grand tout.

« Tu ne veux pas qu'on annule Paul et Solange ce soir ?

— Quoi ? Non, je n'ai pas acheté de tarte aux poires, si c'est ça que tu me demandes... Et depuis quand tu aimes la tarte aux poires, toi ? »

Pourquoi me parle-t-elle de tarte aux poires ? se demande Jean-Pierre.

« On est bien d'accord que tu ne m'écoutes pas, là, Isabelle ?

— Si, si ! J'arrive ! »

18 h 20

« Cadeau ! »

Jean-Pierre, enfoui dans sa pelure, est toujours avachi sur le canapé lorsque Isabelle lui tend la jolie boîte qui trônait jusque-là sur la table basse. Si jolie, cette boîte, qu'elle voudra certainement la garder... Il n'a jamais vraiment compris, sans doute comme beaucoup d'hommes, la passion que nourrit Isabelle, sans doute comme beaucoup de femmes, pour les boîtes. Des boîtes de toutes les formes, de toutes les tailles, de toutes les couleurs. Que peuvent-elles bien ranger dans ces dizaines et ces dizaines de boîtes qu'elles semblent collectionner ? Ça fait longtemps que Jean-Pierre n'y a plus mis le nez. Il ne s'occupe guère des entrailles de l'appartement. C'est le domaine d'Isabelle.

Depuis quelques années, c'est même tout l'appartement, et plus seulement ses entrailles, qui est devenu le territoire d'Isabelle. Un territoire sur lequel elle règne sans partage. Les objets de Jean-Pierre, hérités de son passé sans elle, n'y ont fait qu'un bref séjour au début de leur vie commune. Puis ils ont disparu au fur et à mesure. Isabelle aime faire le ménage, y compris dans les souvenirs de son mari. « Tu tiens vraiment à ce qu'on garde ces soldats de plomb ? » Une collection entamée par son père quand celui-ci était enfant et poursuivie par lui sans grande conviction. À quoi bon lutter ? A-t-il seulement les arguments pour ? « Bon, ben dans ce cas, on bazarde ! »

Débarrassé de l'agencement de leur logement, Jean-Pierre a longtemps cru pouvoir en retour se foutre de l'intendance. Un accord tacite passé avec lui-même qui lui convenait très bien. Mais Isabelle ne l'entendait pas ainsi. Pour elle, les contrats, qu'ils soient tacites ou pas, engagent toujours. Aussi quand son mari cherche un objet qu'il ne trouve évidemment pas, elle le fustige. « C'est quand même fou ! Tu ne sais jamais où sont rangées les choses dans cette maison ! On croirait que tu es un touriste de passage ! » C'est très exagéré. « De passage depuis vingt-cinq ans, tout de même... », réplique-t-il avec un sourire triste qui finit toujours par émouvoir Isabelle. Elle râle pour la forme. Puis elle fait apparaître l'objet recherché comme par enchantement.

Un bruit assourdi l'arrache à sa déambulation mentale. C'est Isabelle qui lui agite la boîte sous le nez.

« C'est pour moi ? C'est quoi ?

— Ouvre.

— Oui, mais c'est quoi ?

— Ouvre, je te dis. »

Isabelle est rayonnante.

Jean-Pierre l'admire.

Comment réussit-elle à garder le sourire, jour après jour, contre vents et marées ? Ce n'est pas son cas. Il sent bien que progressivement, il lâche la rampe. Il n'a pas encore tout à fait abdiqué, mais sans doute n'est-il plus très loin du bout de la piste... Pourtant, jusqu'ici, tout va bien, comme on dit. Situation économique et sociale confortable, femme pleine de vie, grande fille qui poursuit de belles études de commerce à Londres, et les seules maladies notoires qu'il a contractées furent saisonnières. Personne n'a jamais eu envie de se supprimer à cause d'une angine !

Jean-Pierre prend la boîte, en retire le ruban, l'ouvre et en sort une robe à fleurs.

« Qu'est-ce que c'est que ça ?

— C'est une robe.

— Je vois bien que c'est une robe, je ne suis pas aveugle.

— Ça te fait plaisir ?

— Hein ?

— La robe, elle te fait plaisir ?

— Comment ça ?

— Tu la trouves jolie ?

— Euh... oui. Très. »

18 h 22

Isabelle semble trouver chaque jour des motifs à se réjouir. Un café partagé avec une amie, la lecture d'un bon roman, une quiche réussie, un nouveau fauteuil, une décoration de Noël, la perspective d'un week-end dans le Perche... Tout semble susceptible de la mettre en joie. Mais là, maintenant, est-ce l'achat de cette robe qui lui donne les stigmates du bonheur ?

Elle s'est acheté une robe, soit. C'est une drôle d'idée de la lui offrir comme si elle lui était destinée. Mais après tout, si ça l'amuse... Il fut un temps où il se serait laissé prendre au jeu, il aurait fait semblant, sans trop se forcer, d'être fou de joie à l'idée qu'Isabelle se soit offert ce cadeau. Mais là, non. Cette fois, il est trop fatigué pour jouer. Pour faire semblant.

« Tu ne veux pas qu'on annule ce soir ? Je suis mort... »

Isabelle se dit qu'un psychanalyste lacanien se régalerait.

« On annule ce soir ? » Comme si l'on pouvait s'extraire du futur par précaution. Ces derniers temps, elle a l'impression que Jean-Pierre ne va pas bien. Pas bien du tout...

« Non, mon chéri, on ne va pas annuler. Paul et Solange doivent déjà être en route. »

Jean-Pierre jette un œil à sa montre.

« À dix-huit heures vingt ? ! Tu vas me dire, à l'allure où roule Paul, c'est possible...

— Paul est un homme prudent. »

Entendre sa femme dire du bien de Paul, ou de n'importe quel membre masculin des couples de leur connaissance, a toujours piqué Jean-Pierre dans son orgueil. Elle ne le précise pas ouvertement mais il sent bien que c'est toujours en comparaison avec lui. Untel est comme ci ou comme ça signifie en fait « tu n'es pas comme ci ou comme ça ». Et le parallèle bien entendu ne lui est jamais favorable. « Tu te rends compte, Paul a organisé un anniversaire surprise à Solange ! C'est super gentil, non ? » « Tu sais que Paul a annoncé comme ça, d'un coup, qu'il emmenait Solange à Venise dès ce soir ? C'est adorable ! » Jean-Pierre, lui, n'a jamais organisé d'anniversaire surprise pour Isabelle. Il ne saurait pas comment s'y prendre. Et leur séjour à Venise avait été organisé par elle. Elle avait dû tout orchestrer à l'avance, tout en lui rappelant régulièrement les dates et les horaires d'avion qu'il oubliait sans cesse. On aurait dit qu'il le faisait exprès. Il jurait du contraire...

« Pour être prudent, il est prudent ! Je pense que Paul n'a jamais dépassé la seconde. S'il était plus prudent, c'est bien simple, il reculerait. Ceci dit, ça compense avec Solange...

— Qu'est-ce qu'elle a encore, cette pauvre Solange ?

— Tu ne te rappelles pas la fois où elle a voulu garer sa voiture dans notre parking ?

— Qu'est-ce qu'il y a de mal à se garer dans notre parking ?

— Non, rien, tu penses ! Sauf quand il y a déjà une voiture garée. La mienne, en l'occurrence. Je ne sais pas ce qu'elle s'est dit ce jour-là... "En tassant bien, on va y arriver" ? C'est une malade... Je ne comprends même pas comment Paul peut lui laisser le volant.

— C'est pour qu'elle s'entraîne.

— Qu'elle s'entraîne à quoi ?

— À conduire.

— Elle doit avoir son permis depuis vingt ans ! C'est un peu long pour un échauffement... »

Le souvenir de l'aile de sa voiture froissée ravive la mauvaise humeur de Jean-Pierre. Il se lève et retire rageusement sa vieille pelure qu'il pend dans le placard de l'entrée. « C'est toujours ça de pris », se dit Isabelle, qui garde son sourire en bandoulière. Les emportements de son mari sont exagérés et nourris par la mauvaise foi, mais ils l'amusent. Enfin, ils l'amusaient. Ces temps-ci, elle préfère prendre la tangente. Le laisser faire. Le laisser se fatiguer tout seul.

« Ce que tu peux être ronchon ! Laisse Paul et Solange tranquilles.

— Je ne demande que ça ! Tu vois, tu le dis toi-même, on les dérange pour rien. Allez, viens, on annule !

— Non, on ne va pas annuler. »

« Je vais devoir jouer serré », se dit Jean-Pierre. Jouer une autre partition, celle de la tendresse. Certes, Isabelle se laisse de moins en moins attendrir, mais il faut essayer. Il faut bien essayer. Alors pour la prendre par les sentiments, il la prend par la taille. Ils sont face à face. Un enlacement chaste. Il la regarde droit dans les yeux. Elle, elle lui offre ses dents blanches immaculées.

« Tu ne crois pas qu'on a besoin de se retrouver un petit peu, toi et moi ? »

Isabelle utilise ses sourcils comme l'auteur les points d'interrogation.

« Comment ça "se retrouver" » ?

Jean-Pierre se rend compte que si les airs innocents de grande fille dont elle s'est toujours servie le charmaient à l'époque, aujourd'hui ils ont tendance à l'agacer. Il y a des choses qui ne se font plus à cinquante ans...

« Oui, se retrouver. Ce sont des choses normales entre mari et femme. Se retrouver... Juste un soir...

— Mon chéri, ça fait vingt-cinq ans qu'on se retrouve tous les soirs. On ne s'est pas vraiment perdus de vue. »

Il va tirer sa dernière cartouche. Il sait pourtant qu'il a perdu la bataille. N'était-ce d'ailleurs pas perdu d'avance ?

« Et alors ? Moi, je ne me lasse pas de te regarder.

— Moi non plus... Mais de temps en temps, c'est bien aussi de s'aérer. »

Jean-Pierre abandonne les hanches de son épouse, dont l'ironie inoffensive lui semble en réalité très blessante. Il préfère aller se regarder dans le miroir de l'entrée. « J'ai une sale gueule... » Les traits sont tirés, le regard est creusé, les montures de ses lunettes ne parviennent plus à masquer les cernes.

« Pourquoi aérer ? Tu as trop chaud ?

— Tu es bête... »

Jean-Pierre, toujours à son introspection physique, se trouve un drôle de rictus. Comme une grimace qu'il ne peut contrôler. Une grimace qui aurait pris possession de son visage.

« Tu étouffes avec moi, c'est ça ?

— Non, Jean-Pierre, je n'étouffe pas avec toi, mais un peu de nouveauté ne fait pas de mal. »

Il devrait se retourner pour qu'elle devine son état à la vue de cette sale grimace. Qu'elle soit un peu mieux renseignée sur ce qu'il pense de cette soirée, ce qu'il pense de la vie, ce qu'il pense d'elle, ce qu'il pense de la vie avec elle. Mais le sait-il vraiment lui-même ?

« Ah d'accord... Tu ranges Paul et Solange au rayon des nouveautés ? Pardon, mon amour, mais ils ne sont pas de toute première fraîcheur, quand même ! Avec eux, on n'est pas dans le vintage, on est même plutôt pas loin de la brocante... Allez, quoi, on annule !

— Non, Jean-Pierre, on n'annule pas. »

18 h 26

Isabelle replace des livres posés sur la grande table basse dans un ordonnancement aussi mystérieux qu'il semble être précis. De gros bouquins, qui contiennent peu de texte et beaucoup d'images, consacrés à Miles Davis, à l'architecture de Marrakech, ou encore à la cuisine italienne. Des livres décoratifs, qui ne sont pas faits pour être lus. À peine être feuilletés. Si au moins ils servaient à caler une armoire mais non, ils ont autant d'utilité que des bibelots sans souvenir. Dans les bons jours, ils prennent la lumière. Dans les mauvais, la poussière. Des livres maudits par Maria, la femme de ménage, responsable de l'ordre et de la propreté de l'appartement à raison de quatre heures hebdomadaires.

Jean-Pierre s'est rassis sur le canapé et a allumé la télévision. Branché sur une chaîne info qu'il lorgne comme les vaches regardent passer les trains. Les images défilent, il a coupé le son. Le voir bouder comme un sale gosse amuse Isabelle qui n'est pas dupe.

« Ce ne serait pas la télé plutôt que moi que tu avais envie de retrouver ?

— T'es pénible, lui répond Jean-Pierre sans même la regarder. Je te dis que je suis crevé ! Tu peux comprendre ça, que je suis crevé ? »

Non, Isabelle ne comprend pas sa fatigue. En fait, elle ne comprend pas la fatigue tout court. Pour elle, il s'agit dans le meilleur des cas d'une inclination à la paresse, et dans le pire, au laisser-aller. La vie ne doit pas être nécessairement un combat, mais la moindre des choses, c'est d'avancer, d'aller vers le meilleur. Et pourquoi pas vers l'excellence, tant qu'à faire.

Si l'on voulait être tout à fait juste, il faudrait préciser qu'elle applique à elle-même l'excellence qu'elle réclame des autres. On la voit rarement flancher. Et puis elle est bonne camarade. Quand ses condisciples ne sont pas à la hauteur, quand ses amies peinent à mettre leur vie en ordre, elle les prend par la main pour les aider à gravir les marches. Mais (car il y a un mais) gare à ceux qui refusent sa main tendue. Quand elle renonce à quelqu'un, c'est définitif. Jean-Pierre l'ignore peut-être, mais il en est là...

Isabelle a toujours su que celui qui allait devenir son mari n'était pas de ces hommes aux ressources intérieures suffisantes pour se propulser par eux-mêmes. Qu'il faisait partie de ceux qui doivent être dirigés, poussés, parfois même tractés. Et jusqu'à présent, cela fonctionnait. S'il n'est pas du genre à demander de l'aide, il n'est pas non plus de ceux qui font de la résistance, c'est déjà ça. Une fois sur les bons rails, il peut même y mettre du sien. Le plus dur, avec lui, c'est le démarrage.

Évidemment, elle a toujours été en avance sur lui. Logique. Même s'il était à la traîne, il parvenait jusqu'ici à suivre le rythme tant bien que mal. Mais depuis quelques mois, Isabelle se rend compte que bien qu'elle l'attende plus souvent qu'à son tour, son mari ralentit, il cale au démarrage. L'écart se creuse entre eux. Elle avance, même à faible allure, se retourne et le voit de plus en plus petit. Les lois immuables de la perspective.

« Jean-Pierre ne bouge plus, il est inerte », s'est-elle entendue dire l'autre jour à Catherine. « Ce doit n'être qu'un léger passage à vide, avait répondu sa sœur en riant. Et puis tant qu'il y a de la vie, il y a de l'espoir, non ? »

Catherine n'a pas tort. Isabelle doit continuer à le secouer. Même s'il faut le brusquer de temps en temps, comme elle le fera ce soir. Elle finira bien par l'extraire de son inertie. Le sortir de sa glu. Ou alors il devra subir le mépris – pire, l'indifférence – qu'Isabelle témoigne à ceux qui abandonnent. Aux stagnants.

« Tu ne comprends pas que je n'en peux plus ? »

Isabelle replace le dernier livre, une anthologie d'un designer tchèque, et caresse la joue de son mari en posant sur lui le regard doux que les mères portent à l'enfant qui a fait une bêtise et qui tente maladroitement de la justifier.

C'est quand même vrai qu'il a une vilaine mine. Le fond de l'œil est jauni. Elle lui fera passer une échographie abdominale, on ne sait jamais.

« Mon chéri, tu es de mauvaise foi mais je t'aime bien quand même.

— Moi, de mauvaise foi ? C'est une blague ? Je suis au bord du choc nerveux et tu me dis que je suis de mauvaise foi ?

— Pauvre chou... Tu veux aller en maison de repos ? Un Ehpad peut-être ? Ma mère a un lit deux places dans le sien, ça t'intéresse ?

— C'est malin... »

Isabelle réprime un sourire. Elle a gagné la partie. Paul et Solange vont venir dîner et tout va se passer comme prévu.

Jean-Pierre, lui, n'a pas envie de rire. Il n'a plus envie de rire. Rire, c'était avant. Rire et faire rire, certains lui accordaient même un don pour cela. La fantaisie ne lui était pas étrangère. Mais au fil des ans, elle a laissé place chez lui à une gravité sourde. Et pesante. Une gravité qui alourdit sa grande carcasse. Dans ce canapé, devant cette télé sans son, il se sent épais, lourd.

Quelques minutes plus tard, après avoir fait le tour de ses agencements dans le salon, Isabelle vient récupérer la boîte restée ouverte sur le canapé.

« Alors, cette robe ? »

18 h 28

« Jean-Pierre, je te pose une question, là...

— Hein ? Quoi ? »

Jean-Pierre, hypnotisé par les images, vient d'être réveillé en sursaut par la voix de sa femme. S'extraire du monde sans vraiment le souhaiter, ça lui arrive souvent ces derniers temps. Combien de fois a-t-il quitté une réunion sans la moindre idée de ce qu'il s'y était dit ? Combien de dîners dont les conversations lui ont échappé ? Et en voiture, combien de sorties du périph' ratées ? Tout ça sans même être capable de se souvenir de la nature de ses pérégrinations mentales. Une sorte de coma par intermittence.

« La robe, tu en penses quoi ?

— Quoi la robe ? Ben, elle est... Elle est... je ne sais pas, moi... Elle est jolie.

— C'est tout ce que tu en dis ? »

Cette façon qu'elle a de ne jamais accepter la réponse quand celle-ci ne lui convient pas.

« Non, ce n'est pas tout... »

Et cette façon qu'il a de systématiquement tomber dans le panneau.

« Je t'écoute...

— Elle est jolie... Avec des fleurs... colorées... Disons très colorées.

— Très colorées, d'accord... Mais encore ?

— Enfin quoi, grogne Jean-Pierre, je ne vais pas te faire une conférence sur cette foutue robe ! Et puis il faudrait que je la voie portée d'abord. Mais je suis sûr qu'elle t'ira très bien, mon amour... Allez, viens, on annule. »

Son « mon amour » sent l'ironie à plein nez, se dit Isabelle, mais c'est mieux que rien.

Devoir affronter Paul et Solange, leurs têtes attendues et leurs conversations imposées, est au-delà des forces de Jean-Pierre. Comme si le couple d'amis faisait obligatoirement partie de la panoplie du couple tout court. Comme s'il le validait. C'est un double au tennis avec deux équipes, toujours les mêmes. Un face-à-face, deux contre deux. Un jeu de miroirs. Le dîner de couples semble avoir été inventé pour se conforter en tant qu'entité. Pour être sûr d'être deux, il faut être quatre. Nous sommes en couple, un couple solide, un couple viable, la preuve, nous recevons notre couple d'amis à dîner.

« Ce n'est pas pour moi que j'ai acheté cette robe.

— C'est pour qui alors ? Pour Solange ? C'est encore son anniversaire ? Elle le fête combien de fois par an, son anniversaire, celle-là ?

— Comme tout le monde, une seule fois. C'était le mois dernier. Et tu voulais déjà annuler...

— Comme quoi, j'ai toujours été en avance sur mon temps...

— Et finalement, tu étais très content de ta soirée... Bref ! Ce n'est évidemment pas pour Solange que j'ai acheté cette robe. Et tu le sais très bien, puisque... »

Jean-Pierre a de nouveau décroché. Il n'écoute plus.

Le souvenir de cet anniversaire lui revient doucement. C'est un peu flou. Jean-Pierre ne vieillit pas, il se brouille. Il voit l'appartement et, dans la brume, distingue vaguement la masse informe des invités répartis dans le salon et la cuisine. Les groupes sont des grappes. On s'agglutine autour de celui ou celle qui parle le plus fort. Il voit des saladiers remplis jusqu'à la gueule de cocktails troubles. Et des plats débordants de quiches, de crudités, de salades, de chips, l'habituel gloubi-boulga destiné à éponger l'alcool. Se détache alors la mine réjouie de Solange qu'on avait jusqu'ici retenue à l'extérieur pour un motif quelconque (l'instigateur d'un anniversaire surprise se munit toujours d'un ou de plusieurs complices qui prennent très à cœur leur mission). Elle découvre l'existence et la nature des festivités préparées par son gentil mari par son gentil mari, pousse des petits cris de joie. Les invités affichent le sourire attendri de circonstance. Quel bonheur ! Quelle comédie ! Solange fait l'actrice et les convives jouent leurs rôles secondaires avec professionnalisme. Chacun est dans sa partie.

Solange était forcément au courant des manœuvres de Paul pour organiser en secret cet anniversaire. Elle a dû fouiller dans les mails de l'époux parfait afin de s'assurer qu'elle allait célébrer dignement ses quarante-trois ans. Est-ce si digne que ça de fêter le temps qui passe avec tous ces gens aux sourires forcés ? Et ce tas de cadeaux ineptes, dont une enceinte connectée qui donne à son propriétaire le temps de cuisson de l'œuf à la coque, l'adresse du serrurier le plus proche et la date de naissance de Guy Lux. Est-ce si digne que ça ? Jean-Pierre n'en avait pas été certain, il s'en souvient bien à présent.

Alors non. Non, il n'avait pas été « content » de cette soirée. Il avait fait semblant. Comme tout le monde, finalement. Il avait dû parler de la réforme du bac avec la sœur de Solange. Une pimbêche, prof de maths, lectrice assidue de *Télérama*. Ennuyeuse à mourir. Il avait certainement causé foot avec le meilleur ami de Paul. Un opticien très pénible, partisan de Jean-Luc Mélenchon, et lecteur militant de *L'Équipe* sur tablette. Il l'entend encore. « Le papier, c'est fini... Bientôt tout le monde lira sur des tablettes. » Et il avait dû s'enfiler pas mal de verres de punch pour supporter tout ça... Mieux valait encore un mal de crâne futur à un mal de tête présent.

« Très content, très content... Je ne suis pas sûr d'avoir été très content ! Je crois surtout que j'ai fait bonne figure. Je composais.

— Ah ! parce que tu composes, toi, maintenant ? »

Ce petit ton ironique commence sérieusement à l'emmerder.

« Oui, Isabelle, figure-toi que ça m'arrive de composer. Ça m'arrive même très souvent. »

Il sait qu'elle a raison mais n'a pas d'autre choix que de mentir. C'est peut-être ça composer : mentir.

Avec peut-être un brin d'agacement, Isabelle arrange un bouquet de fleurs posé sur une commode. À chaque fois qu'elle en rapporte, il fait semblant de s'y intéresser. « C'est quoi ces fleurs ? Des lys ? C'est jaune, les lys ? Je croyais que c'était blanc... Ah ! ça peut aussi être jaune, c'est bien ce que je me disais... » « Si les fleurs t'intéressent tant que ça, tu devrais m'en offrir de temps en temps ! » Oui, il devrait. Mais il a la flemme.

Après avoir remis de l'ordre dans le vase (« Qu'est-ce que ça change ? », se demande Jean-Pierre), Isabelle s'esquive vers la cuisine. Quelques minutes plus tard, elle en revient équipée d'un plateau, chargé de quatre verres à pied, d'une bouteille de côte-de-beaune et d'un ramequin d'olives noires, qu'elle dépose sur la table basse, à côté de la pile de livres qui ne servent à rien. Puis sans dire un mot à son mari, elle retourne à la cuisine pour en revenir aussitôt, cette fois munie d'une assiette garnie de légumes crus.

« Ça changera de ta charcutaille, mon chéri. Et ce sera meilleur pour ton cholestérol ! »

Jean-Pierre observe la chorégraphie apéritive de sa femme avec un regard de bœuf. Il ne va pas y couper, à ce dîner. Il faut s'y résoudre.

18 h 32

Isabelle s'est assise sur le canapé. Tout en picorant des bâtonnets de céleri, elle feuillette sans conviction son *Elle* hebdomadaire. Jean-Pierre éteint le téléviseur d'un coup de pouce marqué sur la télécommande.

« Elle est pour qui alors, cette robe ? Ne me dis pas que c'est encore un cadeau pour Maria ? Faut arrêter Isabelle, hein, faut arrêter ! Je sais que tu es de gauche mais ce n'est pas une raison pour faire des cadeaux toutes les semaines à la femme de ménage ! Je te rappelle que je lui verse un salaire !

« *On* lui verse un salaire », corrige-t-elle intérieurement en haussant les yeux au ciel. Elle va le laisser parler, le laisser monologuer, le laisser s'enfoncer. Ni par amusement, ni par sadisme. Par lassitude. Après tout, elle aussi a le droit d'avoir des creux. Il n'y a aucune raison pour que Jean-Pierre soit le seul à se targuer d'être las... En fait, il ne s'en targue pas, c'est pire, il s'en vante. On dirait que ça l'excite. On dirait que sa fatigue existentielle, au contraire d'être mortifère, est pour lui une sorte de moteur, une raison de vivre.

« C'est tout ?

— Non, c'est pas tout ! Parce que le salaire que je lui verse, à la femme de ménage, il est conséquent ! Au rythme où ça va, elle va finir par être mieux habillée que toi !

— Et alors, ce serait si grave ?

— C'est quoi la prochaine étape ? Que j'aille faire les carreaux chez elle pendant qu'elle se sert dans le dressing de ma femme ? »

Jean-Pierre s'extirpe du canapé, sur lequel Isabelle est toujours assise, et commence à tourner autour comme un lion en cage... Non, pas un lion. Les lions, même dans les cirques et les zoos, se déplacent avec mollesse et majesté. Alors un jaguar, plus saccadé, plus énervé ? Non plus. Ce serait lui faire trop d'honneur. Une hyène ? Voilà, c'est ça, une hyène. Il ressemble à une hyène, à la fois haineuse et craintive, tournant autour de sa proie sans avoir le courage de l'attaquer vraiment. Une hyène sans motivation, sans faim réelle. Une hyène dans le vide. Une hyène pour rien.

Isabelle a lâché des yeux la photo de Christiane Taubira qui illustre l'article « Les nouvelles icônes » pour les poser sur sa hyène de mari. Haut du dos légèrement courbé, poils hérissés en bas de la nuque.

« Tu peux arrêter de tourner comme ça ? Tu me donnes le vertige.

— Tu sais comment sont ces gens-là ?

— Quels gens ?

— Les Portugais, Isabelle, les Portugais ! Ce sont des gens pudiques qui n'aiment pas faire l'aumône. La fierté, c'est dans leur ADN, aux Portugais.

— La semaine dernière, tu m'as dit que c'étaient les Espagnols qui étaient fiers, faudrait savoir...

— La semaine dernière, c'était la semaine dernière ! Et puis de toute façon, Portugais, Espagnols, c'est du pareil au même tout ça... Il y a quoi entre les deux ? Hein ? Il y a quoi ? Tu peux me le dire ? Rien ! Il n'y a rien ! Ou trois fois rien. Il y a une frontière... Et la fierté, c'est comme le nuage de Tchernobyl, ça ne s'arrête pas à la frontière, je te ferais remarquer. »

Isabelle songe qu'il est loin le temps où ses théories à l'emporte-pièce l'amusaient. C'est comme les blagues des GO du Club Med. Au début du séjour, ça va, on trouve ça marrant. À la fin, on n'en peut plus, ils nous saoulent. On voudrait qu'ils disparaissent du paysage. Ne plus voir que la mer.

Autrefois, Jean-Pierre distrayait la galerie. Il pratiquait le douzième degré. Aujourd'hui, il ne possède qu'un seul degré à son thermostat personnel. Le constat est douloureux mais il faut se rendre à l'évidence : non seulement il dit tout ce qu'il pense, mais il pense tout ce qu'il dit. La nuance, la complexité, la délicatesse, autant de notions qui l'ont quitté. Jean-Pierre n'est plus qu'un monolithe. « Mon mari n'est plus qu'un bloc de conneries » est l'idée qui traverse l'esprit d'Isabelle tandis qu'elle tombe sur la photo de la chanteuse Christine and the Queens. Costume d'homme, cheveux courts et gras, air de mauvais garçon. Le titre : « Appelez-moi Chris ».

« Quel rapport entre Maria et Tchernobyl ?

— Aucun ! Ce que je veux te dire, c'est que ce n'est pas leur rendre service, aux Portugais, de les gâter comme ça. Après ils s'habituent et quand ça s'arrête, parce qu'il y a toujours un moment où ça s'arrête, eh ben, ils sont complètement paumés. »

Et si Isabelle s'était trompée depuis le début ? Si Jean-Pierre avait toujours été un con ? Non, ce n'est pas possible. Elle s'en serait rendu compte, tout de même.

« Qu'est-ce que tu racontes encore ?

— Tu ne vois pas que Maria est toujours gênée quand tu lui fais un cadeau ? "Ché trop madame, ché trop... Che peux pas acceptèche..." »

Mon Dieu ! Il l'a fait... Il a fait l'accent portugais. Qu'est devenu cet homme, son mari depuis vingt-cinq ans, le père de sa fille ? Élodie est si brillante. Où se sont donc nichés les mauvais gènes de son père ? Vont-ils ressurgir, comme chez lui, dans quelques années ? Prendre le dessus ? Isabelle sent un frisson lui parcourir l'échine. Elle sait que si Élodie était là, elle ne pourrait s'empêcher de scruter sa fille, la fouiller, chercher en elle les traces paternelles, en espérant n'en trouver aucune. Et elle a honte de penser à ça. Voilà où Jean-Pierre la mène. À l'hypothèse d'être dégoûtée de sa fille, sa petite fille, l'amour de sa vie. Et à la certitude d'être dégoûtée d'elle-même. Isabelle se dégoûte à cet instant.

« Arrête, Jean-Pierre...

— Tiens, l'autre jour, j'ai proposé le motoculteur de la campagne à Maria... Eh ben, elle savait plus où se mettre ! Parfaitement, elle ne savait plus où se mettre. »

La campagne, cette maison dans le Perche achetée il y a une dizaine d'années. C'était le temps des projets.

Jean-Pierre s'était mis en tête de rafistoler (c'était le terme qu'il employait alors) la vieille bâtisse. Après quelques tentatives qui hésitaient entre l'infructueux et le catastrophique, il finit par se résoudre à faire appel à un ouvrier du coin. Un jeune type à catogan dont les compétences, loin de rassurer le nouveau propriétaire, l'agaçaient prodigieusement. « Il sait tout faire celui-là », disait-il avec aigreur à Isabelle, trop occupée à œuvrer sur le vaste terrain pour l'entendre. Tandis que Jean-Pierre maugréait, sa femme transformait une jungle abandonnée en un jardin à l'anglaise digne des honneurs de *Normandie Magazine*. Isabelle, sous un chapeau de paille, dehors avec son sécateur et ses sacs de terreau. L'ouvrier à catogan dans la maison avec ses masses et ses sacs de ciment. Et Jean-Pierre au milieu, sans rien.

Après quelques mois de travaux, la campagne devint un agréable lieu de villégiature pour Isabelle qui, aujourd'hui encore, y trouve quelque chose à bricoler, quelque chose à cultiver, quelque chose à cuisiner, le temps d'un week-end ou de vacances. Elle aimait y voir Élodie faire la roue sur le gazon ou du vélo aux alentours. Elle aime maintenant la voir entourée de ses amis que la jeune fille fait parfois venir dans le Perche. « Ça fait du bien d'avoir des jeunes avec nous, hein, Jean-Pierre ? » Elle prend les jeunes à témoin et force son mari à opiner alors qu'il n'en pense pas un mot. L'autre jour, il s'est engueulé avec le dénommé Julien à propos de Greta Thunberg et des éoliennes. Quel petit merdeux ! À l'image de sa sainte idole scandinave. Si au moins Élodie lui en avait voulu... Mais même pas ! « Allez Julien, passe à autre chose, tu vois bien que tu n'es pas à la hauteur de mon père, grand climatologue devant l'éternel... Il remonte à quand ton prix Nobel, Papa ? » a-t-elle persiflé. Cruelle ironie d'une fille envers son père.

Quand Jean-Pierre ne s'engueule pas avec les copains de sa fille dans le Perche, il s'y emmerde copieusement. La seule activité qui le distrait à peu près est d'allumer le feu dans la cheminée. Il n'y parvient qu'une fois sur trois. Et encore. Tout ça à cause de cette saleté de bois mouillé, ce satané auvent qu'il a voulu monter lui-même avant d'abandonner devant l'ampleur de la tâche, refusant l'aide sournoise, forcément sournoise, de l'arrogant à catogan et Pataugas. Et surtout, oui surtout, à cause de cette affreuse pluie normande. Qu'est-ce qu'il lui a pris d'investir dans ce coin de France où le ciel postillonne à longueur d'année ? Il aurait dû acheter un appartement à Bandol. Ça lui aurait évité le crachin, les copains écolos de sa fille, l'ouvrier prétentieux, les plantations d'Isabelle et les échecs répétés et humiliants dans l'âtre.

« Tu dis que Maria ne savait pas où se mettre mais à mon avis, c'est surtout le motoculteur qu'elle ne savait pas où mettre.

— Comment ça ?

— Maria habite un deux-pièces au douzième étage porte de Choisy.

— Et alors ? Les Portugaises sont costaudes comme tout ! Elle l'aurait monté, le motoculteur. Et à mains nues en plus !

— Et une fois chez elle, elle en aurait fait quoi, de ton motoculteur ? Elle aurait tondu la moquette avec ? Elle aurait labouré le lino ?

— C'est malin...

— En plus, il est en panne, ton motoculteur. Tu parles d'un cadeau...

— Maria est très bricoleuse, je te ferais remarquer. Dès qu'il y a un joint qui merde dans la salle de bains, elle se précipite, c'est plus fort qu'elle. J'ai pas atteint la caisse à outils, qu'elle a déjà un pot de mastic dans la main. Les Portugaises, c'est connu, elles ont le bricolage dans le sang. »

« Les Portugaises ont le bricolage dans le sang... » Isabelle n'en revient pas. C'est qu'il ne plaisante pas, en plus, ce con...

Jean-Pierre se rassoit sur le canapé, s'empare de la bouteille de vin et se met en tête de la déboucher. Où est le tire-bouchon ? Où Isabelle a-t-elle bien pu le planquer ? Cette manie de cacher les choses...

« Et pourquoi pas de la morue, pendant que tu y es...

— De la morue ? Quelle morue ? Pourquoi tu me parles de morue ?

— Puisqu'on est dans les clichés débiles, tu vas peut-être me dire que Maria, comme toutes ses copines portugaises, a de la morue dans le sang... Et de la moustache aussi.

— Maintenant que tu le dis, c'est vrai que...

— Non ! Non, Jean-Pierre. Maria n'a pas de moustache.

— Elle doit se raser.

— N'importe quoi ! »

Après avoir cherché sur la table basse, écartant l'assiette de crudités, dérangeant les livres que vient pourtant de remettre en ordre Isabelle, Jean-Pierre doit se faire une raison, le tire-bouchon n'y est pas... Dans la cuisine ! Il doit être dans la cuisine. Il y va, toujours armé de la bouteille.

Isabelle l'entend ouvrir un à un les tiroirs et les refermer violemment. Il est sur l'évier, le tire-bouchon. Elle le sait mais préfère le laisser chercher, le laisser patauger, le laisser s'user les nerfs sur ces pauvres meubles qui n'y sont pour rien. Elle y pense maintenant : il faudra les changer bientôt. Ce sera son prochain projet de réaménagement. Alors il peut bien les démonter, les casser, en faire ce qu'il en veut. Ça lui donnera une bonne raison de commander une cuisine toute neuve.

Jean-Pierre revient triomphant dans le salon. Il a trouvé le tire-bouchon. Il aurait gagné Wimbledon qu'il n'afficherait pas un bonheur plus grand.

« Je l'ai ! dit-il en agitant son trophée sous le nez de son épouse qui, après avoir terminé le céleri, se lance dans le grignotage de minicarottes.

— Bravo mon chéri, c'est bien... »

Place à la séance de débouchage du côte-de-beaune, un rituel rassurant... Enfin, il le serait si ce tire-bouchon marchait. Un cadeau d'Élodie pour la fête des Pères. Un machin ultramoderne, paraît-il... Tu parles ! Le vieux modèle de Jean-Pierre marchait très bien, mais dès que ce gadget est entré chez eux, il a fallu qu'Isabelle le balance à la poubelle.

Il l'aimait bien, pourtant, son « tire-bouchon Charles-de-Gaulle ». Celui avec lequel il faisait se tordre de rire Élodie quand elle avait trois ou quatre ans. Il tirait sur la tige centrale et ça levait les deux bras de l'engin. Jean-Pierre imitait alors le Général : « Je vous ai compriiiiiiis ! » « La meilleure imitation gaulliste depuis Henri Tisot », disait-il alors.

Il se souvient de la complicité entre lui et sa fille. Et aussi du regard tendre d'Isabelle, même si elle avait vu se répéter la scène encore et encore.

Comment se sert-on de cette saloperie de tire-bouchon électronique ? Il y va dans tous les sens mais rien ne marche. « Faut avoir fait Polytechnique pour se servir de ce truc ou quoi ? » Puis, sans même qu'il sache pourquoi, il y parvient enfin. Le tire-bouchon se fixe sur la bague de la bouteille, émet un petit bruit de moteur, un voyant bleu s'allume, et Jean-Pierre sent venir le bouchon. La bouteille est enfin ouverte. N'empêche que ça reste de la merde, ce tire-bouchon. Son « Charles-de-Gaulle » était mieux. De toute façon, tout était mieux avant...

Jean-Pierre se sert une grande rasade de vin qu'il boit d'un trait. Après avoir dégluti, il émet un claquement de langue contre son palais. Isabelle n'a jamais supporté ce son sans oser le lui dire. Elle entend dans ce petit bruit un mélange de prétention (« Il se prend pour un œnologue ou quoi ? ») et de vulgarité.

Le premier pour la soif, le deuxième pour le plaisir. Il se ressert. Et va s'asseoir, non plus dans le canapé, mais dans l'un des deux fauteuils en face. Un siège large et épais choisi (bien entendu) par elle à propos duquel, il peut l'avouer humblement, il n'a rien à redire. Il est confortable et c'est tout ce qu'il demande à un fauteuil. Quand Jean-Pierre s'y est assis pour la première fois, Isabelle aurait pourtant bien aimé que son mari lui annonce qu'il le trouvait beau, élégant, assorti avec le reste, et pas seulement : « On est bien dedans ! » Cet homme est décevant.

Nouvelle gorgée de vin. Plus modeste cette fois. Il a retrouvé son calme. Dans cette position, assis sur ce large fauteuil, un verre à la main, les jambes croisées, il se trouve des allures de châtelain. Il se sent proche de la communauté de ces hommes responsables et enracinés qui, le soir venu, devisent des prises lors de la chasse du matin et envisagent déjà les conditions climatiques de celle du lendemain.

« N'empêche que pour Maria, ça doit être long, les week-ends d'hiver au coin du feu porte de Choisy...

— T'as raison, mon chéri ! Et puis c'est fréquent les cheminées dans les deux-pièces des tours du XIIIe arrondissement.

— Toujours est-il que rafistoler un motoculteur, je suis sûr que ça l'aurait occupée.

— Tu es consternant... »

Le temps passe. Les minutes s'égrènent. Le côte-de-beaune les fait glisser doucement. Jean-Pierre regrette qu'Isabelle ait mis à la benne la vieille horloge bruyante héritée de ses grands-parents paternels. Elle aurait été parfaite dans le tableau. Jean-Pierre se sent bien. En harmonie avec l'univers.

« Bon, alors, elle est pour qui ?

— Je te demande pardon ?

— La robe que tu m'as montrée tout à l'heure, elle est pour qui ? »

18 h 45

« Ma question est simple, Isabelle. Si cette robe n'est ni pour toi, ni pour Solange, ni pour Maria, elle est pour qui ?

— Elle est pour toi.

— Pour moi ?

— Oui, Jean-Pierre, elle est pour toi... Essaye-la.

— Que j'essaye quoi ?

— La robe ! Essaye-la.

— Que j'essaye la robe ? »

Qu'est-ce qui lui prend tout à coup de faire de l'humour ?

« Passe cette robe, que je voie si elle te va. Dans le magasin, j'ai hésité sur la taille. Il faut dire que tu n'es pas facile à habiller. »

L'humour n'est pas la première qualité d'Isabelle. Bien sûr, elle peut faire preuve de fantaisie. Elle égaye la vie. Mais la grosse blague, non. Le canular n'est pas inscrit à son répertoire.

« C'est une plaisanterie ? »

Visiblement, non.

« Qu'est-ce que tu crois ? Tu n'es pas facile à habiller. Tu as de grands bras, de grandes jambes et un petit buste... Allez, enfile cette robe, Jean-Pierre ! Si ça ne va pas, je la changerai, j'ai gardé le ticket de caisse.

— Enfin, Isabelle...

— Arrête de tergiverser ! Et essaye cette robe ! »

Ça fait longtemps qu'Isabelle ne l'a pas vu aussi désarçonné. Elle lui aurait annoncé qu'un pingouin lui avait piqué un pantalon dans sa penderie qu'il n'aurait pas eu l'air plus ahuri... Bien fait pour lui !

Son cynisme progressant avec l'âge, Jean-Pierre n'est plus jamais étonné. Ça change... À force de patauger dans le pire, il ne s'attend plus à rien. Et son Cioran qu'il cite à tout bout de champ. Comme hier soir quand Isabelle projetait l'arrivée du beau temps, donc de la lumière, donc de la sérotonine dont il manque tant. « Espérer, c'est démentir l'avenir », a-t-il répondu à ses prévisions en allant se coucher. Elle devrait peut-être lui prendre un rendez-vous chez un psychiatre.

C'est vrai, quoi, le soleil va enfin pointer le bout de son nez, mais non, au lieu de célébrer cette bonne nouvelle, Jean-Pierre préfère se recroqueviller sur Cioran. « Il va tellement loin dans la déprime que quand je le lis, je me dis que finalement je ne vais pas si mal. Et puis il me fait rire. » C'est vrai qu'« espérer, c'est démentir l'avenir », c'est tordant ! Parfois, il dit aussi : « Je vais me faire une cure de Cioran ! » Et Isabelle lui répond : « Fais-toi plutôt une cure de légumes. Il y a plus de vitamines dans une carotte que dans ton Roumain ! »

Pourquoi donc veut-elle qu'il passe cette robe ? Jean-Pierre tente de faire le point sur la situation. L'absurdité de la requête ne l'aide pas. Essayer une robe et puis quoi encore ? C'est flou. Difficile de distinguer les contours de cette demande aberrante. Isabelle n'a ni la pratique ni les traits de l'extravagance. Elle a l'air sérieux de ceux qui assènent les évidences et attendent en retour de leurs interlocuteurs des réponses rapides et cohérentes... Ça ne tourne plus rond chez elle.

« Excuse-moi, mais je suis largué. Tu es sûre que ça va, Isabelle ?

— Je vais psychiquement très bien, je te remercie. Mais si tu continues, en effet, je pourrais devenir chèvre. Alors fais-moi plaisir, mets cette robe, et si elle te va, tu la gardes pour le dîner de ce soir.

— Ah, d'accord ! C'est une soirée costumée ? »

Bon, au moins ça, il comprend. C'est complètement idiot mais il comprend. Une soirée costumée à leur âge, franchement... Passé la trentaine, il n'y a plus que les acteurs qui se déguisent. Ils sont même payés pour ça. Mais Jean-Pierre est cadre supérieur chez Com'Booster et Isabelle dermatologue. A priori, ils ne vont pas gravir les marches du Festival de Cannes de sitôt. Une soirée costumée à plus de cinquante piges, c'est ridicule. Et on sait bien que le ridicule tue moins les jeunes que les vieux. En plus, ce soir,

Jean-Pierre se sent particulièrement vieux. C'est comme si cet accès de fatigue lui avait fait prendre trente ans d'un coup. C'est un vieillard.

« Tu as déjà vu une fête costumée à quatre, toi ? Tu imagines le tableau... Paul en Napoléon, Solange en Marie-Antoinette, toi en Bob l'éponge et moi en Blanche Neige ! Sois sérieux, Jean-Pierre... »

Le voilà rassuré, Isabelle n'a pas totalement perdu la tête.

De quoi aurait-il l'air en Bob l'éponge ? D'un con. Et Isabelle en Blanche Neige ? Moins. Ses cheveux bruns, ses yeux noirs, sa peau veloutée, ses pommettes saillantes, sa bouche parfaitement dessinée, le rouge léger sur ses lèvres, elle n'aurait pas l'air si tarte que ça en Blanche Neige. Finalement, toutes les époques vont à cette femme. Depuis cinquante ans, elle rayonne. Différemment bien entendu selon l'âge, mais elle irradie quand même. Jean-Pierre pense qu'il devrait le lui dire. Ça aurait au moins le mérite de mettre un terme à cette plaisanterie qui a assez duré. Mais il y renonce. La fatigue encore... Et il repart, cet imbécile, à l'abordage de la robe.

« Si ce n'est pas une soirée costumée, qu'est-ce que tu veux que je foute avec cette robe ?

— La mettre, gros malin ! Tu n'as pas envie d'être un peu élégant pour une fois ? »

Finalement il a bien fait de ne pas s'être levé, de ne pas avoir pris le visage de sa femme entre ses mains, de ne pas l'avoir embrassée fort. Fort comme il le faisait avant. Elle ne le mérite pas. Elle continue à se moquer de lui alors qu'elle se rend bien compte que ça ne le fait pas du tout rire. À quoi joue-t-elle, bon Dieu ?

« Comment ça "élégant pour une fois" ? Tu trouves que je m'habille mal, c'est ça ?

— Non, tu ne t'habilles pas mal mais disons que tu n'es pas toujours dans le coup. »

Blanche Neige s'est évaporée. La belle-mère acariâtre l'a remplacée. Plus le temps passe, plus Jean-Pierre perçoit chez sa femme des signes de méchanceté.

« Dans le coup ?

— Oui, dans le coup... Et puis ce n'est pas le sujet ! Quand on reçoit des amis à dîner, on peut s'habiller avec un peu de raffinement. Ce sont des choses qui se font. »

Les conventions maintenant... Quelle fumisterie ! Et puis qu'est-ce que ça veut dire ? Il est chez lui après tout ! Il reçoit ses amis (qui le sont si peu) dans la tenue qui lui chante. S'il n'a pas envie d'être à la mode, s'il a envie de conserver son antique Burberry, ça ne regarde que lui. Il fait ce qu'il veut. Merde à la fin ! Et puis quel rapport avec la mode ? Les robes pour hommes sont à la mode maintenant ? Première nouvelle ! Quel magazine spécialisé idiot lui a-t-il encore donné des idées pareilles ?

Isabelle ne voit plus en face d'elle, sur ce fauteuil qu'il trouve « très confortable », qu'un vieil adolescent hirsute. La rébellion à son âge, c'est pathétique. Tout autant que faire semblant de ne rien comprendre quand elle lui demande poliment d'enfiler cette robe qu'elle lui a gentiment offerte.

« Mon couple n'est plus un ménage, pense-t-elle à cet instant, c'est un manège. » Un manège qui, comme tous ses semblables, tourne sur lui-même, et ne s'arrête jamais. C'est usant.

« Si je comprends bien, tu voudrais que je sois raffiné en robe ?

— Et alors ? Je ne vois pas ce qu'il y a d'extraordinaire. »

Jean-Pierre commence à ressentir un léger tournis. Ce ne sont quand même pas les deux verres de vin qu'il a bus...

« Isabelle ?

— Oui ?

— Dis-moi la vérité... Tu as bu ?

— Quoi ?

— T'as picolé ?

— Qu'est-ce que tu racontes ?

— Tu t'en es jeté deux ou trois derrière la cravate avant que j'arrive, c'est ça ? Ne fais pas semblant, tu as bu et puis voilà ! C'est pas grave... Enfin, fais gaffe quand même, on commence par se faire deux ou trois apéros à dix-sept heures et on termine en clinique. »

Isabelle regarde le verre vide de Jean-Pierre et lui adresse une moue qui en dit long. Comme souvent, sans même avoir à prononcer un mot, elle le ramène à la réalité. C'est plutôt lui qui a un problème d'alcool. « Penser à lui prendre un rendez-vous avec l'addictologue. »

« Écoute, Jean-Pierre, si cette robe ne te plaît pas, tu me le dis carrément. Je la rapporte au magasin et on n'en parle plus. Elle ne te plaît pas ?

— Enfin voyons ! Que cette robe me plaise ou non, ce n'est pas la question ! »

Pourquoi faut-il qu'il fasse toujours des problèmes pour rien ? Comme si la vie n'était pas déjà assez compliquée comme ça. Pourquoi en rajouter ?

« Alors essaye-la au moins ! »

Le plus fou, c'est qu'elle n'a pas l'air de jouer la comédie. Elle n'a jamais été très douée pour ça. Non par incapacité mais par goût. Par dégoût en l'occurrence. Elle n'aime rien d'autre que la vérité. Défier l'honnêteté, même par jeu, n'est pas son genre.

Jean-Pierre se sent pris au piège, forcé d'entrer dans une histoire abracadabrante. Isabelle devrait voir que ça ne l'amuse pas. Mais est-ce que sa femme cherche vraiment à l'amuser ?

« Au cas où tu ne l'aurais pas remarqué, ce qui serait un tout petit peu ennuyeux après vingt ans de mariage, je suis un homme. Et les hommes ne mettent pas de robe. À part les Écossais qui portent un kilt. Mais je ne suis pas Écossais et ça, dit-il en montrant méchamment l'objet du débat, ce n'est pas un kilt, c'est une robe à fleurs. »

Qu'est-ce qui lui prend ? La fait-il marcher ? Et si oui, dans quel but ? Isabelle ne comprend pas le petit jeu auquel se livre son mari. Elle a la douloureuse impression qu'en faisant mine de ne rien comprendre, Jean-Pierre insulte son intelligence. Et l'oblige à aller surligner les évidences. Plus qu'agaçant, c'est assez méprisant.

« Ce sont les fleurs qui te gênent ? J'en étais sûre ! Je l'ai dit à la vendeuse : « Les imprimés, il ne va pas aimer. »

— Je m'en tamponne, des imprimés ! Je suis un homme, Isabelle ! Tu comprends ? Je suis un homme ! Je chausse du quarante-quatre, j'ai du poil aux pattes, et j'ai un...

— Un ?

— Un sexe !

— Oui et alors ? Tout le monde a un sexe, Jean-Pierre. Tu as un sexe, j'ai un sexe, Maria a un sexe... Je ne te demande pas d'être nu sous ta robe, à ce que je sache.

— Elle est folle ! Ma femme est folle ! Je suis un homme ! Tu comprends, ça ? Je suis un homme ! »

Isabelle voit son mari faire des tours de salon comme un malade, en éructant, pas loin d'avoir la bave aux lèvres, et c'est elle la folle, bon...

Jean-Pierre ne tient plus la route mais il va bien falloir s'employer à le remettre dans le droit chemin. Pour cela, Isabelle va utiliser son ton de voix le plus calme, le plus posé, le plus doux.

« Mon amour, en quoi le fait d'être un homme t'empêche de porter cette robe ? »

Il se fige, baisse ses bras qui priaient le ciel, et va s'effondrer dans le canapé, laissant échapper ces mots : « Ma femme est folle... Complètement folle... »

19 h 05

Isabelle est dans la chambre. Qu'est-ce qu'elle trafique encore ? Jean-Pierre, toujours confiné dans le salon, n'en a pas la moindre idée. Il ne va pas chercher à le savoir... Il sait qu'il ne pourrait pas vivre sans elle mais il se fait plutôt bien à l'idée qu'une cloison les sépare. Ils vivent ensemble mais séparément. Et ça lui va bien, au fond.

Elle se remue, se meut, s'aère comme elle dit. Lui stagne, macère, pourrit sur place. Le bruit franc des pas d'Isabelle dans le couloir. Le son sourd de l'assise sous les fesses de Jean-Pierre. Ils ne jouent plus la même musique. Elle vit, se déploie. Il sombre, se rétracte.

Avant d'être avalé (définitivement ?) par le fauteuil, Jean-Pierre plonge le nez dans son troisième ou quatrième verre de vin, il ne sait plus. Ce qu'il sait, en revanche, c'est qu'Isabelle est de retour. Elle revient à la charge. Ne pas s'avouer vaincue, ce qui constitue sans doute sa plus grande qualité, devient son pire défaut au regard de son mari. Elle ne laisse jamais tomber. Lui, donne le change, mais n'a-t-il pas déjà abdiqué ?

« Tu ne m'as pas répondu, Jean-Pierre. »

Avec ses yeux de chien battu, Isabelle se dit qu'en fait il ne ressemble pas à une hyène dégingandée, non, il ressemble à un vieux cocker.

« Pas répondu à quoi ?

— En quoi le fait d'être un homme t'empêche-t-il de porter une robe ? »

Jean-Pierre, cérémonieux, pose son verre de rouge sur la table basse.

« Stop, Isabelle ! Les plus courtes sont les meilleures. Attends que Paul et Solange soient là pour faire de l'humour, ils en manquent tellement.

— Sous prétexte que Solange et Paul sont fiscalistes, ils manquent d'humour, c'est ça ?

— Ça n'a rien à voir avec leur métier... »

En même temps, pense-t-il, a-t-on déjà vu un fiscaliste rigolo ? Aucune profession ne porte moins à l'humour que celle-là. Non seulement le fiscaliste n'est pas drôle mais il est carrément sinistre. Jean-Pierre qui aime lire chaque semaine les hebdomadaires à l'ancienne avec du papier et de l'encre, qu'il s'agisse de *L'Obs*, de *L'Express*, du *Point*, ou depuis quelques mois de *Valeurs actuelles* – signe manifeste, selon Isabelle, de sa dérive droitière et réactionnaire –, passe systématiquement les pages consacrées à l'argent, aux impôts, aux placements, à l'épargne. Rien ne le déprime plus que les dossiers spéciaux édités par les journaux une à deux fois par an : « Impôts : les solutions pour en payer moins », « Profitez de votre épargne intelligemment », « Assurance vie ou SCPI : faites le bon choix ». La seule proposition de lecture qui peut le mettre à ce point mal à l'aise, c'est le traditionnel « Classement des hôpitaux ». Il s'est d'ailleurs toujours demandé à quoi et à qui cela pouvait bien servir. Après tout, on n'a jamais vu un type faire une crise cardiaque, une rupture d'anévrisme, ou être atteint d'une péritonite aiguë, et se précipiter chez le kiosquier du coin, histoire de ne pas se tromper d'adresse.

« Si je te comprends bien, Jean-Pierre, pour toi, les hommes ne portent pas de robe, les Portugaises sont bricoleuses et les fiscalistes n'ont pas d'humour, c'est ça ? Tu en as d'autres, des idées toutes faites ? »

Jean-Pierre, qui était retourné à son verre de vin (à tous les coups, elle va lui dire à un moment ou un autre qu'il est alcoolique), sort des vapeurs du côte-de-beaune.

« Des idées toutes faites ? D'accord... Dis-moi, ton cousin Patrick, fiscaliste de son état, il est marrant peut-être ?

— Pas spécialement.

— Ben voilà ! »

Il lui a bien cloué le bec. Prends ça dans les ratiches ! Finalement, ce n'était pas si compliqué. Pour fêter ça, il se donne le droit de s'humecter encore un peu le gosier. Et de changer de place. Il abandonne le fauteuil, certes confortable, au profit du canapé, plus grand, dans lequel il pourra encore mieux prendre ses aises.

« Mon cousin Patrick, tu ne l'as vu qu'une fois dans ta vie et c'était le jour de l'enterrement de sa femme. Il n'allait quand même pas raconter des blagues belges aux funérailles pour te prouver que les fiscalistes ont de l'humour ! »

La réplique d'Isabelle sonne juste. Pertinente. Bien balancée. Jean-Pierre se sent de nouveau tout petit. Trop au large dans le canapé. Perdu. Il y a encore quelques secondes, il se voyait comme un roc, là, il a l'impression d'être un gringalet, un freluquet. À l'inverse, Isabelle a pris du poids, du volume, de la place. Elle va l'écraser. « Je suis marié à un rouleau compresseur. »

Si seulement, au moins, elle l'achevait, là, tout de suite ! Qu'on en finisse ! Qu'on n'en parle plus ! Qu'on l'achève, comme le méchant dans les vieux westerns qu'il adore et qu'elle déteste. « Tu veux encore nous faire regarder tes vieux machins ? »

Jean-Pierre, ou ce qu'il en reste, a perdu de sa superbe.

« De toute façon, on ne peut pas discuter avec toi, bougonne-t-il. Madame a toujours raison...

— Tu ne veux pas te remettre un tout petit peu en question, Jean-Pierre ? Juste une fois, pour voir ? »

C'est qu'elle insiste, la garce ! Son propre mari, le père de sa fille est réduit à néant (ou pas loin) et elle insiste... Si ça se trouve, c'est l'esprit maléfique de cette femme qui lui ordonne de le laisser se vider de son sang, mourir de ses blessures, et crever lentement, dans d'atroces souffrances.

Jean-Pierre, agité par ces pensées horrifiques, se dit néanmoins qu'il devrait peut-être, en effet, aller consulter. Est-ce normal de voir les choses ainsi ? Sans doute pas, mais il doit donner le change.

« T'as raison... T'as raison, Isabelle ! Ton cousin Patrick est hilarant. Quant à Paul et Solange, il suffit que je pense à eux pour me gondoler. Ils sont drôles... mais drôles ! Comme tous les fiscalistes, du reste. D'ailleurs, à l'École du fisc, ils sont choisis sur des critères humoristiques, c'est connu. Nul besoin de s'y connaître en impôts fonciers, en droit de succession et en stratégie financière, non ! À l'examen, tu racontes une blague de Toto et hop ! t'as ton diplôme. Tiens, par exemple, ta sœur si elle est pénaliste, c'est juste parce qu'elle n'est pas marrante. Si Catherine avait le sens de l'humour, elle serait fiscaliste, évidemment ! »

Il se sent assez seul aux frontières de l'absurde... C'est pourtant elle qui veut le voir porter une robe !

« Ne mêle pas Catoche à tout ça. Et cesse de dire du mal de ma sœur, merci ! »

Sans savoir exactement pourquoi, Jean-Pierre a toujours eu un faible tacite pour sa belle-sœur. Rien de sexuel. Au contraire. Catherine pourrait être la bonne copine, celle à qui on tape dans le dos mais qu'on ne songe nullement à allonger. La bonne copine qu'il n'a jamais eue. Il en va de même pour elle à son égard. Aucune ambition de se plaire charnellement. Ils s'aiment bien, tout simplement. Et surtout, ils se prennent pour ce qu'ils sont. Ni plus ni moins. Catherine, probablement portée par son métier d'avocate, aborde son beau-frère comme un tout, sans faire le tri, elle ne sépare pas le bon grain de l'ivraie. D'ailleurs, elle plaide souvent en sa faveur. Lui, la trouve sympathique, toute en rondeur, aussi bien physiquement (avec un embonpoint qui tend à progresser avec l'âge) qu'intellectuellement. Catherine sait arrondir les angles de Jean-Pierre qu'elle trouve amusant, même dans sa mauvaise humeur. Cette tolérance à son égard lui plaît. Et même l'apaise. « Aurais-je été plus heureux si je m'étais marié avec elle plutôt qu'avec sa sœur ? » s'est-il parfois interrogé. Sitôt que cette idée lui vient à l'esprit, il l'imagine dans son lit à la place d'Isabelle et le questionnement s'évapore. Et puis de toute façon, Catherine aime les femmes, alors...

Les deux sœurs s'adorent, il n'y a jamais eu aucune forme de rivalité entre elles, elles sont si différentes à tous points de vue... Pourtant, plus Catherine aime ce pauvre type (oui, il arrive à sa belle-sœur de penser à Jean-Pierre en ces termes, ce qui ne retire rien à la tendresse qu'elle porte à celui qu'elle se figure souvent en labrador fatigué), plus ça exaspère Isabelle.

« Je ne dis pas de mal de ta sœur, je l'adore ! Là, c'est moi qui faisais de l'humour. Pour te faire comprendre que Paul et Solange n'en ont pas et n'en auront jamais. Et même s'ils étaient charcutiers ou tourneurs fraiseurs, ce serait pareil.

— Bien ! Je crois qu'on a tout dit sur le sujet, on peut passer aux choses sérieuses ?

— Je t'écoute ? »

Isabelle le fixe d'un regard droit et dur à la fois.

« Essaye cette robe, Jean-Pierre. »

19 h 08

« Je commence à en avoir par-dessus la tête ! Ça suffit, maintenant ! »

Isabelle est atterrée. Fait-il exprès de ne pas comprendre ? De ne plus rien comprendre ? Que cherche-t-il ? À la pousser à bout ? À la faire souffrir ? Les deux ?

Peut-être n'a-t-il trouvé que ce moyen pour se détacher d'elle. Ou plutôt pour qu'elle se détache de lui. La meilleure façon de ne plus être aimé est de ne pas être aimable. Ce doit être ça.

La lâcheté des hommes, l'éternelle lâcheté des hommes... Son mari n'échappe pas à cette règle immuable, les hommes partent toujours à reculons.

« Tu vas arrêter de tourner en boucle avec cette fichue robe ? Je suis fatigué, Isabelle. J'ai passé une journée épouvantable au bureau. Deschanel nous a obligés à suivre une formation. Tu te rends compte ? À plus de cinquante piges, me voilà de retour à l'école. Comme si j'étais un débutant, un poulet de l'année. Comme si je ne savais rien. C'est tellement humiliant... Et puis tu aurais vu le mec qui, soi-disant, allait nous apprendre notre métier... Qu'il crève avec ses post-it et ses crayons ! Il pourrait être mon fils, ce con ! J'en peux plus de cette boîte, j'en peux plus de Deschanel, ce type est malade.

— Il a un cancer ?

— Quoi ?

— Deschanel, il a un cancer ?

— Pourquoi veux-tu que Deschanel ait un cancer ?

— Tu me dis qu'il est malade, alors...

— Je te parlais de sa tête, Isabelle ! Deschanel est malade dans sa tête ! Et puis on n'est pas obligé d'avoir un cancer quand on est malade. Depuis que tu es en cancérologie, avec toi, on a tous un cancer !

— J'en vois défiler tellement, tu sais...

— Oui ! ben, on n'est pas à Cochin ici ! »

Isabelle n'aurait jamais dû abandonner son cabinet de dermatologie pour intégrer ce service de cancérologie. À l'époque, il avait bien tenté de la convaincre (mollement, certes, mais tenté quand même) qu'elle faisait une connerie. Il avait évoqué tout ce qu'ils ne pourraient plus s'offrir, le salaire de l'hôpital public n'ayant que peu de points communs avec les émoluments d'un cabinet privé. Elle lui avait répondu vocation, sacerdoce, besoin de faire du bien. Autant dire que le débat fut vite clos. Il n'avait pas insisté.

Aujourd'hui, sans doute aurait-il d'autres arguments. La santé mentale de sa femme par exemple. Non que les grains de beauté, les herpès et les impétigos qu'elle voyait défiler dans son cabinet fussent spécialement plus réjouissants que le cortège de mélanomes, métastases et brûlures de radiothérapie qu'elle rencontre désormais chaque jour à Cochin, mais quand même... Une seule journée en cancérologie peut foutre le moral dans les chaussettes du plus gai des joyeux lurons. « Oh ! et puis non, ça n'aurait servi à rien, elle y serait allée quand même... », se résigne Jean-Pierre.

Isabelle est de ces optimistes pour qui la moindre micro lueur dans un ciel encombré peut balayer toutes les tristesses accablantes et toutes les désillusions accumulées. « Je vois toujours le verre à moitié plein, lui a-t-elle concédé un jour, alors que toi, tu le vois tout le temps à moitié vide... Ce qui est assez logique, vu ce que tu t'envoies dans le cornet ! Veux-tu que je te parle de la cirrhose ? »

Depuis qu'elle soigne (ou tout du moins soulage) les cancéreux, Isabelle voit le mal à chaque endroit où il se loge, c'est-à-dire partout. De la bouteille de saint-estèphe au flacon de déodorant Narta, du paquet de Winston au pot d'échappement Midas, du matin au soir.

Renfrognée, elle a repris la lecture de son magazine. À nouveau le même cirque, elle tourne les pages machinalement. Ce silence ne dit rien de bon à Jean-Pierre. Il devine que, bien que ce soit elle qui l'ait installé, c'est elle qui va le briser. Et surtout il devine qu'il va passer un sale quart d'heure. Il connaît bien sa femme et sent déjà le poids de la culpabilité peser sur ses épaules.

« Pour ce que ça t'intéresse..., dit-elle tout bas sans le regarder.

— Quoi donc ?

— Mon métier... l'hôpital...

— Bien sûr que si, ça m'intéresse !

— Permets-moi d'en douter. »

Jean-Pierre ne se souvient plus si c'est Sun Tzu, Michel Platini ou Alain Juppé qui a dit que la meilleure défense était l'attaque. Mais qu'importe, à la guerre comme à la guerre...

« Pour qui tu me prends, Isabelle ? Pour l'un de ces mecs qui se tamponnent le coquillard de la vie professionnelle de leur femme ? Traite-moi de macho pendant que tu y es ! C'est marrant, parfois, j'ai l'impression que tu ne me connais pas. Enfin non, ce n'est pas marrant, c'est blessant. »

Isabelle lève les yeux de l'article « Qu'est-ce que le génie lesbien ? ».

« Tu t'intéresses vraiment à ce que je fais ?

— Absolument.

— Comment s'appelle mon dernier patient en date... Je veux dire le plus atteint ? »

Jean-Pierre fait répéter la question qu'il a pourtant très bien entendue. Comme quand son père lui faisait réciter ses tables de multiplication. Isabelle insiste, lui rappelant au passage qu'elle lui parle de ce patient depuis fort longtemps.

« Il s'appelle... Il s'appelle... »

Pendant qu'il patine sur place, Isabelle prend ce petit air supérieur qui a le don d'agacer son mari.

« Makarian... C'est le nom de cet homme dont je te parle deux ou trois fois par semaine depuis six mois.

— Je le savais ! Je l'avais sur le bout de la langue, tu m'aurais laissé un peu plus de temps que ça sortait. »

Il est lamentable. Isabelle se dit qu'elle devrait en rester là, ne serait-ce que pour le bien de ce dîner si mal parti, mais non. Elle ne va pas le laisser s'en tirer à si bon compte. C'est quand même dingue, elle fait tout pour lui faire plaisir, jusqu'à lui acheter cette robe sublime, et il s'en fout... Il se fout d'elle, de ce qu'elle vit. De ce qu'elle endure. De ce qui la motive. De ses joies et ses peines.

À l'hôpital, la douceur qu'elle s'efforce à donner à ses examens a fait sa réputation. Mais là, avec lui, elle va appuyer là où ça fait mal. Elle aurait presque envie qu'il ait un cancer pour qu'il voie ce que ça fait...

« Et il était où son mélanome ?

— Comment ça ?

— Makarian, son mélanome, il était où ?

— Il était... Il était... dans le dos.

— Raté ! Sur la langue. Tumeur mélanique très rare.

— Oui ! ben, j'étais pas loin.

— Le dos pas loin de la langue... Tu veux que je te donne un petit cours d'anatomie vite fait ? »

C'est tout Isabelle, ça. Aller dans le grave, dans le

douloureux, frapper à l'estomac pour prendre le dessus. Jean-Pierre n'a plus qu'à s'accrocher aux branches.

« Et il va bien ?

— Qui ?

— Malkavian, il va bien ?

— Alors d'abord ce n'est pas Malkavian, c'est Makarian. Ensuite, non, il ne va pas très bien puisqu'il est mort.

— Ah ! merde...

— Ça ne devrait pas trop te surprendre puisque je te l'ai dit la semaine dernière.

— Oui ! ben, euh... je ne sais pas, moi... Il y aurait pu avoir du mieux entre-temps.

— Avec les morts, c'est rare, ironise Isabelle. Je suis médecin, Jean-Pierre, je ne suis pas le Christ. Je n'ai encore jamais ressuscité personne. Et mon patient, c'était Makarian, pas Lazare... La vérité, c'est que tu ne t'intéresses pas à ma vie.

— On parle de tes patients, là, pas de ta vie ! »

Il sent bien qu'il s'enfonce. Et qu'elle va l'enfoncer un peu plus.

« Mais Jean-Pierre, ma vie, ce sont mes patients...

— Eh ben ! pardon de ne pas me souvenir de tous les noms de tes patients, de leur situation de famille et de leur pointure... Et puis c'est mieux comme ça, que je n'en sache pas trop sur eux.

— Pourquoi ?

— Comme ça, je ne m'attache pas... Tu vois, Makarian par exemple, maintenant que tu me rappelles qu'il est mort, et ben ça me fait de la peine… Pauvre mec… Si jeune en plus.

— Il avait soixante-dix-huit ans. »

Il a encore perdu une occasion de se taire. Et pourtant…

« Mélanome sur la langue… Quelle horreur !

— Si c'était sur le dos, tu aurais eu moins de peine ? »

Isabelle observe son mari se démener dans ce qui pourrait être une scène de théâtre de boulevard sans ressentir autre chose que de la gêne. Et encore, heureusement qu'elle est seule pour assister à cette débâcle. Devant un public, elle aurait eu honte, tellement honte. Pourvu qu'il se tienne à peu près avec Solange et Paul.

Pitoyable Jean-Pierre. Il ne sait plus comment s'en sortir. Qu'est-ce qui lui a pris aussi de jouer cette comédie, d'aller sur ce terrain-là ? Il se rend bien compte qu'il perd pied depuis maintenant une heure.

Son verre est vide. Il le remplirait bien mais il ne va tout de même pas arroser au côte-de-beaune la mort du cancéreux arménien. Ce ne serait pas du meilleur effet. Et ça ne lui rendrait probablement pas service.

Alors il meuble…

« Putain… Cancer de la langue… Comme Michel Delpech…

— Je peux savoir ce que vient faire Michel Delpech là-dedans ?

— Ton histoire, là, ça me fait penser à Michel Delpech… Et ça me tue ! Tu vois, tu remues le couteau dans la plaie !

— Quoi ?

— Je commençais à peine à me remettre du départ de Michel et tu refous ça sur le tapis !

— Michel ?

— Oui ! Parfaitement ! Michel ! Michel Delpech ! Je l'aimais beaucoup, figure-toi. »

D'où sort cette soudaine passion pour Michel Delpech ? Isabelle ne se souvient pas d'avoir jamais entendu son mari fredonner *Quand j'étais chanteur* ou *Laurette*. Elle ne se rappelle pas non plus qu'il ait eu un disque de « Michel », comme il le baptise intimement maintenant (il devient fou, c'est sûr), dans sa collection de vinyles. Des Gainsbourg, des Dutronc, des Bashung, oui, mais pas de Delpech. Une collection de disques qui a transité par la cave avant de finir sa vie sur le trottoir un jour de passage des encombrants. Une migration à l'initiative d'Isabelle, bien entendu.

19 h 14

Le laissant à son deuil, elle va dans la cuisine où elle déballe la pièce de viande achetée hier en prévision du dîner. Haut-le-cœur devant le morceau rassis, « maturé », comme disent Jean-Pierre et le boucher avec onctuosité, unis par une complicité dégueulasse de viandards, de charognards. La barbaque lui fait repenser à la tumeur de Serge Makarian. Ce n'est pas beau à voir... Elle ne pourra jamais avaler ça !

Et l'autre, dans le salon, qu'elle entend soliloquer encore autour de l'amour posthume qu'il porte à ce chanteur adoré... Mais qu'il est con !

Elle dépose la viande dans un plat, y ajoute du sel et un filet d'huile, comme le lui a appris sa mère, et enfourne le tout. Elle compte sur la chaleur tournante du four pour faire oublier cette chair grenat qui lui fait remonter les horreurs de Cochin à la mémoire et aux lèvres.

Et si elle restait là, dans la cuisine, à attendre que la viande soit cuite ? Regarder défiler la minuterie du four jusqu'à ce que le couple d'amis arrive enfin. Ne surtout pas se retrouver en tête-à-tête avec son mari.

À peine a-t-elle le temps d'élaborer son projet solitaire qu'il est là... Jean-Pierre s'immisce dans la cuisine, se faufile derrière elle et l'enserre à la taille. Cela fait si longtemps qu'il n'a pas eu ce genre de gestes tendres qu'Isabelle en est surprise. Et même choquée. Qu'est-ce qui lui prend ? Qu'est-ce qu'il veut ? Il doit avoir une idée derrière la tête et elle ne doit pas être fameuse.

« Excuse-moi, ma chérie... Je te l'ai dit, je suis fatigué. Et puis ce sont tous ces morts, Makarian, Delpech... Ces histoires de cancers, tu avoueras que ce n'est pas très gai... Ça me déprime. On ferait mieux... »

Il ne finit pas sa phrase. Et préfère enfouir son visage dans le cou d'Isabelle, toujours dos à lui. Un geste qui à l'époque lui aurait apporté du réconfort et peut-être même une légère excitation et qui aujourd'hui la met mal à l'aise.

Elle ne veut pas se retourner. Surtout pas. Il lui faut trouver une occupation sur le plan de travail. Elle prend un couteau, approche la planche à découper et y dépose une tomate.

Le couteau entame le fruit en petits éclats juteux. Jean-Pierre imagine sa femme le lui planter dans le bide. Il se voit ahuri, les yeux exorbités braqués sur elle, sur son visage froid et fermé, le laissant s'effondrer sur le carrelage sans la moindre émotion. Traversé par ces images sordides, il se demande quel praticien il devrait aller consulter. Un psychiatre ? Un psychanalyste ? Un psychologue ? Oh ! et puis non ! Ça ferait trop plaisir à sa femme.

« Je te ferai remarquer que mes patients ne meurent pas tous, reprend-elle... Tu as aussi le droit de t'intéresser aux vivants. Il y en a fort heureusement quelques-uns avec qui j'ai de bons résultats. Je suis médecin, pas croque-mort. »

« Et si Jean-Pierre mourait là, tout de suite, serais-je anéantie ou juste chagrinée ? » pense Isabelle en poursuivant sa découpe des tomates avec des gestes francs. Elle ne se souvient plus s'il souhaite être enterré ou incinéré. Elle ne se rappelle même pas s'ils en ont déjà parlé un jour. Il le faudrait pourtant. Vu sa consommation d'alcool, ça pourrait arriver plus vite que prévu. Les accidents cardiovasculaires sont la principale cause de décès des hommes de son âge.

Jean-Pierre délaisse le corps de sa femme et va s'adosser à un placard. Il regrette de ne pas avoir fait voyager son verre du salon à la cuisine. Il ne sait pas quoi foutre de ses mains. Il ne sait pas quoi foutre de sa peau.

« Je sais, Isabelle, que tu es un très bon médecin.

— Une.

— Pardon ?

— Une médecin.

— Une médecin ?

— On dit “une médecin”. Si c'était toi qui étais médecin, on dirait “un médecin” mais comme c'est moi, on dit “une médecin”.

— Tu es sûre ?

— Sûre... Tu sais, ça fait quelques années que les femmes ont accédé à certaines fonctions, dont celle de médecin.

— De médecine ?

— Quoi "de médecine" ?

— Dans ces cas-là, on doit dire "de médecine", non ?

— Non, la médecine, c'est la pratique, qu'elle soit exercée par *un* médecin ou *une* médecin.

— Je ne comprends rien...

— Oui, je vois bien que ce soir, tu as un peu de mal... »

« Et s'il n'y avait que ce soir », pense-t-elle.

Sans même le voir (il est encore dans son dos), elle devine son mari voûté, tête basse, figure d'enfant puni. Il finirait presque par lui faire de la peine. Cet accès de clémence, presque d'affection, doit venir de leur position respective. Pour l'aimer davantage, il faudrait peut-être qu'elle ne le voie plus.

« Je suis épuisé... Vraiment épuisé », murmure-t-il.

Isabelle se retourne. Elle ne s'était pas trompée. Il est exactement comme elle se l'était imaginé, contrit. En fait, il lui fait plus pitié qu'autre chose.

« D'accord, j'ai compris... Allez, vas-y, raconte-moi ce que t'a fait ton Deschanel.

— Ce n'est pas "mon Deschanel", c'est Deschanel tout court. Quel con, ce type, mais quel con ! »

Isabelle a rencontré ce Deschanel à deux ou trois reprises lors de soirées de Com'Booster où les conjoints étaient invités. La première fois, elle s'était dit que cet homme d'une soixantaine d'années, et qui portait beau, ne correspondait pas au portrait que lui en avait fait Jean-Pierre. Aussi bien physiquement qu'intellectuellement. Il s'était montré très prévenant avec elle. En aparté, il lui avait même confié tout le bien qu'il pensait de son mari. Dans la voiture, sur le chemin du retour, ce dernier lui avait dit : « Tu as vu, c'est vraiment un connard, ce Deschanel ! » Elle lui avait alors répondu qu'elle ne l'avait pas trouvé si désagréable que ça... Puis elle s'était tue en voyant son air offusqué. Que son épouse ne valide pas sa haine à l'égard de son patron à la chevelure argentée agaçait Jean-Pierre au plus haut point, mais lui aussi avait préféré se taire. Faire comme si. Comme si Isabelle avait trouvé Deschanel à la hauteur de la mésestime qu'il avait à l'endroit de cet abruti.

« Qu'est-ce qu'il a encore fait, Deschanel ?

— Avant cette connerie de formation, il m'a convoqué pour me dire qu'on ne devait plus faire deux millions d'euros avec les Chinois mais quatre. Tu te rends compte ?

— Pas bien, non... Et si tu nous préparais une vinaigrette ? »

Jean-Pierre prend un bol, y met de l'huile, du vinaigre, du sel et commence à fouetter le tout.

« Enfin Isabelle ! Les Chinois ! Quatre millions ! C'est infaisable ! Infaisable !

— Ils sont un milliard et demi...

— Et alors ?

— La population de la Chine a triplé en cinquante ans.

Deschanel multiplie par deux vos objectifs. Ça ne me semble pas excessif...

— Je vois le genre... T'es de son côté, c'est ça ? »

Jean-Pierre fouette de plus belle la vinaigrette avec la vigueur de celui qui veut faire une mayonnaise. Comme un damné.

« Arrête, mon chéri, tu es ridicule.

— Non mais vas-y ! Prends le parti de Deschanel plutôt que celui de ton mari !

— Arrête...

— Enfonce-moi la tête sous l'eau ! Deschanel a commencé le travail, termine-le !

— Arrête...

— Ne t'inquiète pas, vous serez très vite débarrassés de moi. Vous finirez par avoir le dernier mot, Deschanel et toi !

— Je ne le connais même pas, ton Deschanel... »

Il se mord les lèvres pour ne pas lui rétorquer que si, elle l'a déjà rencontré et qu'elle ne s'était pas privée de lui dire qu'elle l'aimait beaucoup.

« Puisque je te dis que ce n'est pas "mon Deschanel" ! C'est le Deschanel de tout le monde alors que ça ne devrait être celui de personne. Et certainement pas le tien ! »

Jean-Pierre se retient d'ajouter : « Si ça se trouve, il te plaît même, t'as envie de lui, tu te ferais bien sauter par Deschanel, hein, avoue ? » Puis se dit qu'il devient peut-être vraiment dingue. Et que c'est leur faute à eux (Deschanel, sa femme et le reste de l'univers), s'il est devenu fou.

Ces accusations à peine voilées de dérangement mental, il les a déjà entendues il y a quelques jours de la bouche de son patron.

L'adjoint à l'environnement de la mairie de Paris est venu à l'agence présenter un projet de « friche culturelle » dont il souhaitait proposer la communication à Com'Booster. Après avoir déplié des plans et parsemé de montages photos la grande table de la salle de réunion, l'individu s'était lancé dans un long monologue...

« C'est sur cette place qui ne sert à rien, si ce n'est aux petits vieux qui donnent à bouffer à des pigeons, que nous allons installer notre friche. Cinq cents mètres carrés, construits avec des matériaux industrieux, qui seront dévolus aux artistes : grapheurs, sculpteurs, danseurs... bref ! tous ceux qui, artistiquement, ont quelque chose à dire, mais ne trouvent pas leur place dans les lieux institutionnels de la capitale dont vous savez, j'imagine, à quel point ils sont conservateurs, repliés sur eux-mêmes. Notre volonté est d'ouvrir la culture aux Parisiennes et aux Parisiens. Chacun pourra accéder à cette friche, entrer en contact avec la culture vivante et inclusive dont le cœur battra à l'intérieur des murs mais aussi aux abords. Pour cela, nous installerons tout autour du bâtiment des bancs en bois recyclé prélevé dans les décharges de la région parisienne. Une grande consultation aura lieu dans la maison de quartier pour choisir les couleurs dans lesquels ils seront peints. “Couleurs” avec un S. Car il est hors de question de se contenter d'une seule. On se débrouillera pour que le violet, l'indigo, le bleu, le vert, le jaune, l'orange et le rouge ressortent principalement. La communauté LGBTQ + sera certainement sensible à cet arc-en-ciel qui lui rappellera son drapeau. Évidemment, cet espace sera végétalisé. On va prélever notamment du lierre en Seine-et-Marne et le faire ramper sur toute la structure. Il faut que cela fasse le plus sauvage possible. On a même eu une idée que je trouve assez géniale : des poubelles seront installées autour de la friche, et tout ce qui y sera jeté par le public sera récupéré et transformé en œuvre d'art. Les plasticiens seront ravis d'intégrer ce matériau à leurs installations...

— Et que va devenir cette fontaine ? avait demandé Deschanel à l'écolo municipal, après s'être saisi d'une photo de la place avant travaux.

— Elle est hors d'usage depuis des années, alors on va la détruire... Mais ne vous inquiétez pas, on gardera la pierre pour nos sculpteurs. Ils trouveront bien un truc à faire avec.

— C'est dommage, a osé Jean-Pierre, elle était jolie... »

Cette fontaine lui rappelait celle de la place d'un petit village du Gers dans lequel il avait passé des vacances d'été avec ses parents. Il avait trouvé extraordinaire que les jeunes autochtones se baignent dans ce point d'eau, les avait enviés, un peu : eux au moins, ils pouvaient se rafraîchir. C'est qu'il tapait fort, le soleil gersois du mois d'août. Sa mère l'avait empêché de les rejoindre, au motif que l'eau ne devait certainement pas être potable. Malgré la promesse de ne pas boire la tasse, rien n'y avait fait. Il avait dû se contenter de sa grenadine sirotée à la terrasse du café, en face de la fontaine.

« Vous la trouvez jolie, vraiment ? a demandé, interloqué, l'adjoint à l'environnement... De toute façon, le lieu sera hyperconnecté, avec des casques de réalité virtuelle. Le public pourra donc, par exemple, voir comment était la place avant la friche... Alors ne vous inquiétez pas, vous la verrez toujours, votre fontaine ! »

Deschanel, qui souhaitait sans doute abréger l'exposé et passer aux choses sérieuses, c'est-à-dire la proposition financière, s'était écrié qu'il trouvait l'idée formidable et très novatrice. Et il avait laissé à Jean-Pierre le soin d'évoquer la bonne stratégie de communication pour annoncer et célébrer le projet.

Après un silence perçu comme assez gênant par le président de l'agence et l'adjoint, notre héros, l'air soucieux, s'est lancé... « Il y a un truc que je ne comprends pas... Dans les villes anciennement industrielles, ces friches culturelles, comme vous dites, s'intègrent dans des bâtiments d'usines désaffectées qui partent en ruine. Ce sont des genres de squats tout aussi moches que ce qu'il y avait avant, mais qui au moins servent à quelque chose. Pourquoi là, allez-vous installer un machin laid, que manifestement personne ne vous a réclamé, à la place d'un endroit qui est, si ce n'est beau, au moins pas désagréable du tout ? »

Embarrassé, Deschanel préférait regarder ailleurs... Quant à l'adjoint, il a ouvert des yeux ronds d'abord, puis a froncé les sourcils. Le regard qu'il portait sur Jean-Pierre, toujours aussi dubitatif, n'avait plus rien de pacifique.

« Bien ! a finalement tranché Deschanel. On ne va pas polémiquer... Cher ami, votre projet est très bien, et Com'Booster va vous le mettre sur orbite communicationnelle ! J'ai dans mon équipe un jeune gars qui sera parfait pour ça. Je lui transmets toutes les pièces du dossier et il reviendra vers vous avec un plan de com du tonnerre. »

Après avoir remercié et raccompagné le visiteur, Deschanel a convoqué Jean-Pierre dans la minute.

« Qu'est-ce qui vous prend ? Vous n'êtes pas là pour donner votre avis architectural, dont d'ailleurs tout le monde se fout... Vous êtes urbaniste ? Je ne crois pas ! Je vous rappelle que le type que vous avez à moitié insulté, c'est un membre influent de la mairie de Paris !

— Oui, mais enfin, cette fontaine...

— Qu'est-ce que vous venez nous emmerder avec votre fontaine ? !

— Et cette idée de casques-virtuels-je-sais-pas-quoi, c'est complètement débile...

— Vous n'y connaissez rien en réalité augmentée... Rien ! Alors ne la ramenez pas ! Je vais mettre Grégory sur l'affaire. J'espère qu'il pourra rattraper le coup. Écoutez, mon vieux, ça ne tourne pas très rond dans votre tête en ce moment ! Si vous devez vous reposer, prenez des vacances, je vous les donne ! »

« Ça ne tourne pas très rond dans votre tête en ce moment... » Il se répète cette phrase en boucle pendant qu'il fouette comme un possédé l'huile et le vinaigre qu'il tente vainement d'associer.

« Calme-toi, s'il te plaît... Et laisse cette vinaigrette tranquille, elle ne t'a rien fait. »

Jean-Pierre, à bout de forces, lâche le fouet d'un geste sec.

Isabelle prend sur elle pour lui sourire. Il n'a vraiment pas l'air bien. Elle ne peut pas l'abandonner dans cet état.

« Tu sais quoi ? Je vais te faire couler un bain...

— Je veux bien... Avec de la mousse.

— Eh ben voilà ! Je te fais couler un bon bain, tu vas te détendre dans l'eau bien savonneuse comme tu aimes. Quand tu auras envie de sortir, je t'apporterai ton peignoir, je pourrai même te frictionner un peu si tu veux. Et puis quand tu seras sec... tu enfileras ta robe. »

Jean-Pierre se fige. Comment ose-t-elle ? Alors qu'il est en pleine crise... Comment peut-elle continuer à jouer cette comédie ?

« Tu ne vas pas remettre ça quand même ? Merde !

— C'est dingue, ça ! J'essaye d'être gentille et tu recommences ! »

19 h 27

Jean-Pierre poursuit sa femme dans tout l'appartement. Impossible de savoir exactement ce qu'elle a en tête. Elle-même semble l'ignorer. Elle va et vient à une vitesse soutenue, sans but apparent. Toutes les pièces y passent, à part les toilettes. En fait, en pratiquant cette marche rapide d'intérieur (bientôt une discipline aux Jeux olympiques ?), elle n'a qu'un seul objectif, se calmer... Et aussi fuir son mari. Malheureusement pour elle, il est à ses trousses.

« Ce n'est plus drôle ! Tu m'emmerdes, Isabelle, tu m'emmerdes ! »

Elle garde le silence. Un silence boudeur. Après le salon, l'ancienne chambre d'Élodie, la salle de bains, elle a décidé d'aller voir dans leur chambre si elle y est... eh oui, elle y est. Tandis qu'elle part à la recherche de rien du tout dans la penderie, Jean-Pierre, à ses basques, fait des moulinets avec ses bras.

« Il faudrait que je reste calme alors que ma femme augmente mes objectifs avec les Chinetoques et que Deschanel, cette ordure, veut me faire porter une robe, non mais on rêve !

— C'est l'inverse...

— Quoi, “c'est l'inverse” ?

— C'est Deschanel avec les Chinois et moi avec la robe.

— Eh ben voilà ! T'es contente ? Je mélange tout avec vos conneries. Vous me rendez tous dingue !

— C'est qui nous ?

— Toi, Deschanel, Paul, Solange, sa connasse de sœur abonnée à *Télérama*, Élodie, son petit con de Julien, l'autre abruti avec son catogan, tout le monde ! Vous vous êtes tous ligués contre moi, tous !

— Fais attention, tu deviens complètement paranoïaque... »

Sur ces mots, Isabelle sort une robe du placard qu'elle balance sur le lit. Puis une deuxième. Puis une troisième. Jean-Pierre n'a pas le souvenir de l'avoir vue les porter.

— Et ça, c'est quoi à ton avis ?

— Ce sont des robes ! Je suis peut-être paranoïaque mais je ne suis pas aveugle.

— Des robes dans la penderie à côté de tes costumes... Ça ne te dit rien ?

— Qu'est-ce que tu racontes encore ? Mais vas-y ! Vas-y ! Fais-moi interner pendant que tu y es ! Appelle les flics ! Porte plainte ! Demande une mesure d'éloignement ! Fais-moi enfiler une camisole ! »

Isabelle se retient de lui dire que ce n'est pas (pour l'instant) une camisole qu'elle voudrait le voir enfiler, mais tout simplement la robe qu'elle lui a achetée.

Jean-Pierre garde son air buté. La tête de celui qui ne comprend rien, mais surtout ne veut rien comprendre. Elle doit tenir. Tenir jusqu'à ce que Solange et Paul arrivent. Qu'est-ce qu'ils fabriquent, ces deux-là ?

Direction la salle de bains. Jean-Pierre la suit mollement. Le chien de chasse poursuivant sa proie s'est transformé d'un coup en caniche à sa mémère. Arrivée devant le miroir, elle s'applique un peu de rouge à lèvres et termine par ce mouvement de bouche caractéristique que toutes les femmes du monde font pour bien répartir l'éosine. Puis elle se tourne vers lui, déterminée.

« Que les choses soient claires, Jean-Pierre, je ne compte pas te faire interner. Je te soutiens contre Deschanel. Je te demande pardon d'avoir douté de toi sur l'intérêt que tu portes à mon travail. On offrira le motoculteur à Maria tout en ménageant sa fierté qui est réelle. Et dès demain, je te le promets, on se fera une petite soirée tous les deux, pépères, devant la télé. Ça te va ? »

Surpris du brusque changement d'attitude de son épouse, il bégaye un « oui » peu convaincant.

« Oui quoi ?

— Oui, ça me va... »

Isabelle n'est pas mécontente d'avoir pu gagner un peu de temps en imposant le calme. Elle s'en réjouirait presque si une odeur de brûlé ne venait pas lui chatouiller les narines.

« Ça sent le cramé, non ? »

Jean-Pierre, d'un haussement de sourcils, montre son ignorance. De toute façon, il ne sait jamais rien, celui-là !

« Merde, la viande ! » crie Isabelle en se précipitant vers le lieu du crime...

Sa femme ne masquant plus le miroir de la salle de bains, Jean-Pierre se retrouve devant, face à lui-même. À nouveau, il se masse le visage. À nouveau, il se dit qu'il a vraiment une sale gueule ce soir.

19 h 35

« Alors ?

— Alors, c'est foutu ! Complètement cramé... On n'a plus qu'à se faire livrer des sushis. »

Isabelle, déconfite, quitte sa manique, le plat noirci déposé à la hâte sur la plaque et la cuisine enfumée. Arrivée dans le salon, exténuée, elle se laisse tomber sur le canapé. « Je pourrais lui conseiller d'aller passer un test d'effort à l'hôpital », pense sournoisement Jean-Pierre qui, heureusement, s'abstient de le lui dire. Pourtant, il lui rendrait la monnaie de sa pièce, elle qui voit en lui un éternel malade.

Il a beau estimer que tout est la faute de sa femme, lorsqu'elle lui fait porter le poids d'une quelconque responsabilité, la culpabilité l'étreint. Longtemps, elle a cru que son mari voulait toujours avoir raison. Maintenant, elle sait que non, ce qu'il ne veut surtout pas, c'est être pris à défaut. C'est en lui incombant une faute qu'il se dégonfle. Comme une baudruche. Une baudruche qui voudrait garder un peu de sa superbe. Et n'en est, du coup, que plus pathétique.

« Ne t'en fais pas... C'est bien aussi, les sushis. »

Isabelle ne pipe mot. Mutisme total. Bouderie affichée. Chaque seconde de son silence est un poids supplémentaire sur les épaules de Jean-Pierre. Pour que cesse la torture, il préfère encore prononcer une banalité d'usage, ce qu'il fait en lui disant qu'après tout « ce n'est pas un drame... ».

« Ce n'est pas le rôti, le problème. Je m'en fous, du rôti. Le problème, c'est que tu prends tout mal ce soir. Qu'est-ce qui se passe, Jean-Pierre ? »

Pour la première fois depuis une bonne heure, il a l'impression qu'elle va enfin l'écouter. C'est toujours quand l'adversaire ouvre enfin la porte à la discussion qu'il est le plus difficile de se lancer. Demander « comment ça va ? » à quelqu'un, ce n'est pas très compliqué. Ce qui l'est, c'est de répondre à la question quand ça ne va pas.

« Il ne se passe rien de spécial... C'est juste que...

— Que ?

— Tu es là à me tarabuster alors que je me débats avec les objectifs aberrants de Deschanel... Et puis il y a aussi cette histoire de redressement...

— Ça va s'arranger...

— Avec Deschanel ? Ah non, je ne crois pas... Ce type est fou. Fou à lier ! C'est lui qu'il faudrait interner. Lui, pas moi.

— Je ne te parlais pas de Deschanel, je te parlais du redressement. Ça va s'arranger... »

D'abord, Jean-Pierre a crié à l'injustice. Surdité du Trésor public. Puis plaidé l'ignorance. On lui a rétorqué que nul n'était censé ignorer la loi. Merci maman, vraiment merci !

Oui, parce qu'en disparaissant il y a deux ans, sa mère lui avait fait un cadeau empoisonné en léguant à son fils unique cette toile de Bernard Buffet, seul bien de réelle valeur que comptait l'héritage. « Mon Dieu que c'est laid, avait dit Isabelle, et ça n'ira pas du tout dans le salon. » C'était un tout petit format à l'huile représentant un vase de traviole garni de deux pauvres fleurs défraîchies. Sans doute des roses mais on n'en était pas sûr. C'est vrai que ce truc ne cassait pas trois pattes à un canard. Mais il pouvait rapporter gros. En tout cas pour ce que c'était. Trente-cinq mille balles exactement.

Quand Jean-Pierre était revenu avec son chèque, l'agitant sous le nez d'Isabelle, il lui avait dit : « Tu la préfères sous cette forme, hein, la croûte de ma mère ? » Et ils avaient ri.

Avec ce fric, ils allaient pouvoir payer les études coûteuses d'Élodie à Londres. « On dit merci qui ? Merci Mamie ! Et ça ne doit pas servir à financer tous les pubs londoniens, on est d'accord ? Pas question que le Buffet paye tes bières et encore moins celles de tes petits copains ! »

Un an et demi plus tard, le fisc lui signalait peu aimablement que le produit de la vente du tableau aurait dû lui être dûment déclaré. Mais le pire, c'est que l'administration s'était mis en tête que ce vase moche et ses végétaux fanés ne devaient être que la partie émergée de l'iceberg.

Qu'une enquête approfondie allait être diligentée. Le soupçon s'abattait sur Jean-Pierre, lui qui par trouille s'était toujours tenu fiscalement à carreau, lui qui n'avait jamais cherché à truander ni même à profiter de quelque avantage complexe, voilà qu'il se retrouvait au cœur de ce qu'il imaginait être une machine à laver dont on sortait essoré, dans le meilleur des cas. Une machine à broyer.

« Je suis responsable mais pas coupable ! », aurait-il pu déclarer à la barre en paraphrasant Georgina Dufoix. Les coupables, c'étaient elles, les femmes de sa vie. Sa pauvre petite maman passant à trépas lui laissant sur les bras la charge de cette toile. Sa chère femme en le poussant à se débarrasser du tableau qui n'avait pas sa place sur les murs de leur salon. Et sa prometteuse fille, dont les études dans la capitale anglaise (elle n'aurait pas pu s'inscrire à Nanterre comme tout le monde ?), qui devaient l'amener au sommet de la hiérarchie sociale du monde de l'entreprise, lui coûtaient un bras.

Son souci n'est pas tant l'amende pour omission. Ce n'est pas non plus que d'éventuelles malhonnêtetés passées soient découvertes puisqu'il n'en a commis aucune. Non, ce qui plonge Jean-Pierre dans les affres de l'angoisse, c'est l'intrusion de l'Administration dans sa vie. Chaque courrier siglé « République française » le propulse dans un état de panique. Une simple carte d'électeur envoyée à son nom à son domicile le met en tension. Cette sensation d'être observé, jugé... Cet homme est né coupable avant même d'avoir enfreint la moindre règle. Et si la machine s'emballait ? Ça s'est déjà vu. Dans ces moments-là, Jean-Pierre se sent petit, tout petit. « Quand ils cherchent, ils finissent toujours par trouver même ce qui n'existe pas », répète-t-il en boucle à Isabelle qui, elle, semble survoler ces tracas avec l'agilité et la grâce d'une trapéziste rompue à l'exercice. « Ne stresse pas, il y a plus grave dans la vie » le rassure-t-elle. Il ne voit vraiment pas ce qu'il peut y avoir de plus grave dans une vie qu'une lettre de relance des impôts ? « Mon mari est un froussard, se dit Isabelle, il a peur de tout. »

« Ça va s'arranger ? Tu me dis que ça va s'arranger ? Je te trouve bien optimiste, Isabelle...

— J'ai confiance en l'avenir, c'est tout. Et tu sais grâce à qui ça va s'arranger ? Grâce à nos deux amis fiscalistes, Solange et Paul. Voilà pourquoi il est important de leur porter un peu d'attention et de crédit. Il faut être gentil avec eux en les invitant à dîner par exemple.

— Mouais...

— Si Jean-Pierre, il faut savoir faire des efforts de temps en temps. »

Elle a changé de braquet. Elle était bienveillante, maintenant elle fait preuve de compassion. Comme pour un malade que l'on sait condamné. Elle devait avoir ce même regard, ce même ton quand elle a annoncé à Makarian qu'il n'en avait plus pour longtemps...

« Dis-moi, mon chéri, tu ne nous ferais pas une petite dépression par hasard ? Depuis quelque temps, je te sens... comment dire ? Taciturne ! Comme en retrait de la vie.

— En retrait de la vie ?

— Oui, tu refuses tout changement... Tiens ! Comme pour La Bourboule.

— Quoi La Bourboule ?

— Tu as refusé en bloc. Ça nous aurait pourtant changé de Bandol ! »

Chaque été depuis plus de quinze ans, ils louent le même appartement dans la commune varoise. La campagne du Perche n'a rien changé à cette habitude. Isabelle aurait bien voulu. Pas Jean-Pierre.

Une sorte de rituel estival avec piscine dans la résidence et plage à trois cents mètres. Une piscine dans laquelle Isabelle ne met que rarement un orteil. Et une plage où elle s'emmerde de plus en plus. Il est loin le temps où Élodie barbotait dans le bassin avec ses brassards. Le temps où la petite fille se faisait prendre en photo sur la plage par un photographe professionnel (ou plutôt un étudiant saisonnier qui n'était pas manchot en prise de vue), ses deux petites couettes collées par le sel marin. À l'époque, Bandol avait sa raison d'être, mais maintenant...

Aujourd'hui que reste-t-il à Isabelle ? Regarder Jean-Pierre lire *Valeurs actuelles* à la terrasse d'un café, tout en lorgnant l'heure de l'apéro sur sa montre entre chaque page. Son fameux pastis. Le pastis sacré de Bandol qui ne se boit que là. S'il aimait vraiment l'anisette, il en boirait ailleurs ! C'est une espèce de snobisme plouc, pense-t-elle. Et cette façon qu'il a de faire comme s'il était chez lui là-bas, cette complicité surjouée avec les serveurs du Narval sur la place de la Liberté, ses diagnostics foireux d'expert en météorologie locale, ses moqueries sur les touristes en short, sans se rendre compte qu'il en fait partie... Décidément, tout exaspère Isabelle. Même et peut-être surtout le voir plonger ses doigts dans chaque bol d'olives noires qui passe, en leur décernant des médailles après les avoir mises en bouche, puis craché fièrement le noyau. Il faut bien le dire, le bonheur bandolais de son mari ne la rend pas heureuse. Elle n'y croit pas, à ce bonheur. Elle le trouve feint et faux. Du carton-pâte.

Ce pèlerinage annuel à Bandol est devenu son chemin de croix. Et il y fait trop chaud. Au moins, dans le Perche, elle peut profiter de la fraîcheur normande et de la douceur de l'été. Et puis elle a son jardin. Et les oiseaux. Un chant d'oiseau, c'est quand même autre chose que le crincrin des cigales qui, lorsqu'il n'est pas émis par l'un de ces affreux hémiptères, sort électroniquement d'une reproduction en plâtre, suspendue à l'entrée des boutiques de souvenirs qui puent la lavande. Les oiseaux normands valent bien mieux que des cigales en stuc et des Néerlandais en tongs.

Sans qu'elle ne sache trop pourquoi, Jean-Pierre ne tolère les Néerlandais, les tongs et tout ce qu'il déteste tout au long de l'année qu'à Bandol. Comme par enchantement, ces motifs de colère et de dépression s'évanouissent en bord de mer Méditerranée. Pour le dire vite, là-bas, il est heureux. Et pense qu'au lieu de le louer, ils auraient mieux fait d'acheter l'appartement varois. Et ainsi s'éviter l'enterrement en Normandie.

« La Bourboule ? Ah oui, c'est sûr que ce n'est pas la même ambiance qu'à Bandol...

— Ça fait vingt ans qu'on y passe nos étés. Ce stage à La Bourboule nous ferait du bien. As-tu lu la brochure que je t'ai montrée l'autre jour ?

— Oui.

— Tu mens, Jean-Pierre. C'est pas beau de mentir. »

La voilà qui lui parle comme elle n'a même jamais parlé à Élodie quand celle-ci avait cinq ans. En réalité, son mari ne rétrécit pas, ne se recroqueville pas, il régresse. Comme les vieillards. Voilà, c'est un vieillard.

« Puisque je te dis que je l'ai regardée, ta brochure ! »

Isabelle espère qu'elle n'aura pas à lui changer ses couches. Qu'il partira avant. Ce serait mieux pour tout le monde...

« Oh le vilain ! Il ment comme un arracheur de dents !

— Pas du tout...

— Si, si, si... Il a même le nez qui s'allonge ! »

Humilié. Voilà comment se sent Jean-Pierre, humilié. Isabelle le voit. Mais elle n'en a cure. Chacun son tour.

19 h 41

Il n'a quand même pas jeté la brochure ?

Isabelle fouille la commode de la chambre. Elle est pourtant certaine de l'y avoir rangée après que Jean-Pierre l'a prétendument lue. Mais rien...

Évidemment, il ne vient pas l'aider. Il doit avoir honte. Honte de s'en être discrètement débarrassé. Comme un lâche.

Retour dans l'entrée avec vue sur le salon où il fait mine de ne pas la voir. Où est ce prospectus bon sang de bois ? Il n'est pas non plus dans le meuble de l'enfilade. Son mari est un traître.

Jean-Pierre en a profité pour se resservir un verre. Il va le savourer en voyant avec soulagement La Bourboule s'éloigner, puis disparaître dans le néant dont elle n'aurait jamais dû sortir.

Et dans la bibliothèque ? Isabelle va vérifier... Tiens ! Voilà son Cioran que son mari cherchait partout encore hier soir. Il mériterait qu'elle subtilise le volume et l'envoie à la poubelle. Il y retrouverait le rôti cramoisi et tout le gâchis engendré par son mari durant son passage désespérant sur la planète Terre.

Le voile du regret s'abat sur lui. Il ne se sent maintenant plus le cœur à la faire lambiner. « Preuve que je l'aime encore », se dit-il.

« Va voir dans les toilettes. C'est là que je l'ai lue l'autre jour, ta brochure. »

D'un pas décidé, Isabelle s'en va au petit coin et en revient d'un pas encore plus convaincu, la plaquette dans les mains. Après s'être assise face à son mari, elle l'ouvre et s'apprête sans doute à en faire la lecture.

« Je savais qu'elle était aux chiottes, tu vois, c'est bien la preuve que je l'ai lue... »

C'est faux, bien entendu. Aussitôt assis sur le trône, il se souvient parfaitement d'avoir balancé la brochure sur la pile de vieux *Voici*, lui préférant des vidéos de compilations tennistiques sur son smartphone. Les plus belles amorties de Nick Kyrgios à Flushing Meadow ont quand même plus de gueule que les recettes méditatives des moines de La Bourboule.

Isabelle s'en doute bien entendu mais s'en tape. Elle attaque la lecture de l'ouvrage à haute voix...

« Dans ce village écocitoyen, vous logerez dans un ancien monastère où vous bénéficierez de l'enseignement de Maître Shankar Shankri, spécialiste mondial de la méditation de pleine conscience. Au cours de différents ateliers, vous recevrez des méthodes concrètes qui vous permettront d'acquérir une véritable expérience de transformation du rapport à soi, aux autres et au monde, en plus d'avoir la joie d'entrer ensemble sur le chemin d'une humanité approfondie et vivifiante. Outre la dimension spirituelle forte, ce séjour vous permettra, dans une démarche holistique de votre être, d'appréhender d'une manière parfaitement nouvelle et joyeuse votre intestin...

— Mon intestin ? la coupe Jean-Pierre. Qu'est-ce qu'ils veulent faire avec mon intestin ?

— Tu vas voir... "Au cours de ces ateliers, vous rétablirez la circulation énergétique de vos méridiens grâce à des activités culinaires où vous interpréterez vous-mêmes les recettes élaborées par Maître Shankar Shankri, à base de jus de cardamome, germes de blé, grains d'orge et quinoa..." »

Isabelle relève la tête, sourit, semble demander l'approbation de son mari.

« Super, ton truc... Dix jours à faire des prières avec un Pakistanais et à bouffer des graines...

— Et alors ?

— Je ne suis pas une poule, Isabelle, je ne mange pas de graines. »

Son refus d'être associé au genre galliforme ne perturbe pas plus que ça Isabelle qui reprend sa lecture :

« Ce séjour sera aussi l'occasion de vous reconnecter avec la nature par le biais de laboratoires *outdoor*. Shankar Shankri vous apprendra l'art de la câlinothérapie avec les arbres... »

— Je ne suis pas une poule, Isabelle ! Et je n'ai aucune envie de baiser un platane !

— Au lieu de monter sur tes grands chevaux, regarde les photos, il n'y a pas que des platanes à La Bourboule. »

Elle déplie la brochure et lui montre la page centrale pour illustrer et même confirmer son argumentaire.

« Je ne veux pas non plus faire des câlins à un peuplier ! »

Cette fois, elle se force à sourire, telle une miss en plein défilé. Elle simule (ce n'est pas une première avec lui). Elle doit aller jusqu'au bout. Histoire de n'avoir rien à regretter. Sur l'air de « on ne sait jamais ».

« Et ils ajoutent qu'un thé vert de bienvenue est servi aux nouveaux arrivants. C'est quand même sympa, non ?

— Pardon mais entre le thé vert d'un monastère à La Bourboule et le rosé bien frais de Bandol, mon choix est vite fait ! »

Ce qu'il peut l'agacer avec son « Bandol » ! Il en a plein la bouche.

« C'est plein de sulfites.

— Quoi ?

— Le rosé de Bandol, c'est plein de sulfites... Mais n'en parlons plus. J'ai compris, tu es rétif au changement. À tout changement.

— C'est agréable...

— Non, ce n'est pas agréable, mais c'est la vérité. »

Cette fois, elle prend sur elle pour ne pas exploser. Pour ne pas lui dire ses quatre vérités. Pour ne pas lui dire qu'elle en a marre de lui, de sa carcasse inerte, de son inertie… Elle en a tant besoin de ce stage de méditation !

« De toute façon, finit-elle par lâcher après plusieurs secondes de silence, si j'ai envie d'y aller à La Bourboule, j'irai toute seule… »

Après tout, la perspective d'une salutation au soleil auvergnat sans son mari n'est pas désagréable. Et puis s'il venait, il râlerait tout le temps. Au point de se mettre à l'écart du groupe. C'est ainsi depuis plusieurs années : quand il ne parvient pas à se faire expulser, il s'extrait lui-même. Même Shankar Shankri ne réussirait sans doute pas à le changer, à le faire revenir au pays des humains. Triste constat. C'est comme ça. Il faut l'admettre. Faire avec. C'est un paradoxe irréfutable. En amour, avec l'âge, on devient de plus en plus difficile mais on a de moins en moins d'ambition.

Si Isabelle partait de son côté faire des prières à La Bourboule, aurait-il la force d'aller seul siffler ses pastis à Bandol ? Pas sûr… Pourtant, il y a souvent pensé. Vivre ce genre de parenthèses solitaires. Il les a même fantasmées. Ne plus avoir sa femme dans les parages immédiats, faire ce qu'il veut, quand il le veut, comme il le veut. Être libre, totalement libre. Libre d'aller picorer des olives au Narval à neuf heures du matin si ça lui chante. Libre de regarder les boulistes du port pendant des heures. De sympathiser avec eux. D'en être, pourquoi pas ? Libre d'aller claquer quelques centaines d'euros aux machines à sous. Puis d'aller boire des gin tonics au Black Jack, la boîte de nuit sous le casino… Mais au fond, que ferait-il au milieu des gamins qui doivent peupler l'endroit ? Ne serait-il pas ridicule accoudé au zinc, à les regarder bouger leurs corps sur une musique à laquelle il ne comprend rien, qu'il déteste même ? Il passerait pour un satyre au milieu des jeunes filles aux jeans troués dont il zieuterait fatalement les formes comme un vieux pervers. Les vigiles le laisseraient-ils seulement entrer ?

Certes, sa femme est une prison, mais il s'y est fait. Il est trop tard pour se soigner de son couple. Il est trop tard pour guérir de son syndrome de Stockholm. Alors non, il n'ira sans doute pas à Bandol sans elle. Il a besoin d'elle, de sa présence, de son regard, de ses remarques. De son corps. Le monde sans le corps d'Isabelle n'est pas envisageable.

« En même temps, rien ne t'oblige à y aller, à La Bourboule...

— Je sais bien que je n'y suis pas obligée. Mais si toi, tu bloques, moi, j'ai le droit d'avancer.

— Avancer ?

— Oui, avancer.

— Admettons...

— C'est ça, on va admettre. »

Isabelle se relève. La vie continue. Il faut commander les sushis. Ça fera venir Solange et Paul.

« Tu vois, ce n'était pas la peine de te mettre dans tous tes états. J'irai à La Bourboule toute seule et puis voilà. Toute seule ou avec une copine.

— Je te préviens, tu n'y vas pas avec Maria, hein ? »

Isabelle le regarde avec des yeux ronds comme des billes.

« Qu'est-ce que tu racontes ?

— Ça coûte une blinde, ton stage hindou. J'ai pas envie de payer des graines à Maria, moi ! Elle me coûte assez cher comme ça, celle-là.

— J'aime beaucoup notre femme de ménage, mais je ne passerai certainement pas des vacances avec elle. »

Voilà Jean-Pierre qui éclate d'un rire fou, un rire quasi satanique. Est-il devenu définitivement dingue ? Est-ce l'effet de l'alcool ? Isabelle connaît un très bon addictologue à Cochin...

« En plus, Maria, telle que je la connais, les arbres de La Bourboule, elle ne leur fera pas l'amour, elle en fera des cagettes !

— Bon ! On oublie Maria et La Bourboule deux minutes, tu veux bien ?

— Et comment ! Et même plus que deux minutes.

— Allez ! Je vais te faire couler un bain et commander les sushis. Ça te rendra peut-être de meilleure humeur... »

Pourquoi dit-elle ça ? Il ne se sent pas spécialement de mauvaise humeur. Pas plus que d'habitude... C'est quand même fou, elle le torture avec son histoire de robe, et maintenant son yoga auvergnat, et c'est lui qu'elle accuse de mauvaise humeur. C'est le monde à l'envers.

Isabelle prend la direction de la salle de bains pour mettre à exécution son projet. Jean-Pierre se dit que c'est une drôle d'heure pour prendre un bain. S'il s'y noyait, ça lui ferait une bonne excuse pour rater Paul et Solange. Les fiscalistes viendraient-ils à son enterrement ?

Arrivée sur place, Isabelle ouvre les robinets...

« Je te mets une boule de bain musc-gingembre ou tilleul-pétales de rose ? lui hurle-t-elle.

— Musc-gingembre tant qu'à faire ! lui répond-il tout aussi vivement. J'ai pas envie de sentir la cocotte... » complète-t-il dans sa barbe.

19 h 43

Le bruit de l'eau s'écoulant dans la baignoire permet à Jean-Pierre de retrouver une forme de sérénité. S'il était un de ces bobos parisiens qu'il conchie, tout en ayant secrètement peur de leur ressembler, il achèterait l'une de ces compilations de sons de la nature : « Pluie en forêt tropicale », « Après-midi à l'océan », « Le chant des oiseaux de Sonoma »... Ça lui fait même passer l'envie de se verser un nouveau verre de rouge. Telle est peut-être la solution à son alcoolisme, écouter en boucle l'album *Relaxing Sounds of Nature and Ambient Healing*...

Apaisé, il fait des yeux le tour de la pièce et tombe sur la robe... La fameuse robe à fleurs abandonnée sur l'accoudoir du canapé. Qu'est-ce qu'Isabelle avait en tête ? Une blague qui a mal tourné ? Une provocation ? Un pétard mouillé ? Il ne le saura sans doute jamais et c'est mieux ainsi.

Jean-Pierre se lève, prend la robe, va vers le miroir et la pose sur lui, comme on le fait dans une boutique quand on a la flemme d'entrer dans une cabine d'essayage. Mouvement de la tête vers l'arrière pour prendre un peu de recul. Elle est jolie, cette robe. Pas ostentatoire. Simplement jolie. Elle irait bien à Isabelle. C'est son genre. Qu'est-ce qui a pris à sa femme de lui faire croire qu'elle l'avait achetée pour lui ?

Cette femme est curieuse, tout de même... La tendresse s'empare à nouveau de lui. Isabelle a toujours le don de l'étonner. Elle a toujours le cœur à rire. Même si cette mise en scène s'avère ratée, c'est quand même rassurant de savoir son épouse encore en capacité de faire ce genre de choses... Il se trouve une de ces touches avec cette robe !

Voilà ce qu'il aurait dû faire : en rire... N'est-ce pas là la meilleure façon de réagir ? Après tout, les tracas de la vie ne sont souvent que des absurdités passagères, des malentendus inoffensifs. Ne pas prendre les choses au sérieux, il y arrivait pourtant, avant. L'humour comme un paravent. La meilleure façon d'éviter les orages, c'est de les laisser passer en se protégeant un peu, et en souriant beaucoup.

Tout à son essayage virtuel, Jean-Pierre n'a pas entendu sa femme revenir à l'orée du salon. Son pas est léger comme presque toujours. Elle l'observe dans l'embrasure en souriant. Puis se lance...

« Il y a du progrès ! »

Il sursaute.

« Hein ?

— Elle ne te déplaît pas, cette robe, finalement. »

Penaud, il retourne s'asseoir dans le canapé.

« Je n'ai jamais dit qu'elle ne me plaisait pas. J'ai simplement dit que je ne voulais pas la mettre juste pour faire marrer madame.

— Je ne vois pas en quoi ça me ferait rire mais bon... Je peux te poser une question ?

— Vas-y... »

Isabelle en a soupé des tourbillons qui agitent l'appartement depuis plus d'une heure. Elle aspire à la tranquillité mais souhaite quand même avoir une réponse à ses interrogations sur l'état psychique de son mari.

« Tu me promets de ne pas t'énerver ? » Cette précaution oratoire ne dit rien qui vaille à Jean-Pierre... « Pourquoi ne veux-tu pas mettre cette robe w »

Et voilà ! Elle ne s'arrêtera donc jamais !

« Mais enfin, c'est pas vrai !

— Tu m'as promis de ne pas t'énerver...

— Mais c'est pas possible !

— Je ne comprends pas... Si elle te plaît, pourquoi ne veux-tu pas la mettre ? C'est quoi ce blocage ?

— Il n'y a pas de blocage ! Tu commences sérieusement à me faire chier, Isabelle, avec tes histoires de blocage !

— Mais si, il y a un blocage... Je te demande juste pourquoi tu ne veux pas mettre cette robe. C'est une simple question. Et tu ne veux pas y répondre. Tu te refermes comme une moule ! »

Jean-Pierre aimerait que des témoins assistent au harcèlement qu'il subit. Qu'ils puissent convenir que cette femme, sa femme, le fait tourner en boule. Le torture. Veut sa mort.

« Et maintenant, elle me traite de moule !

— Ouvre-toi, mon chéri... Ouvre-toi, dit-elle en joignant le geste à la parole, telle une sage-femme en plein travail. Ouvre-toi et enfile cette robe...

— Je ne suis ni une poule, ni une moule et il n'est pas question que j'enfile ta putain de robe ! Enfin, quoi, merde à la fin ! »

Jean-Pierre, qui avait gardé le vêtement dans les mains, met toutes ses forces pour le déchirer en deux. Le tissu fin en coton cède en moins d'une seconde. Il se retrouve avec un pan effiloché de part et d'autre. Isabelle, anesthésiée par la rapidité et la violence du geste de son mari, reste bouche bée. Il jette par terre les deux bouts de tissu et va s'affaler sur le sofa.

Il n'en peut plus.

Il n'en peut plus de sa femme.

Il n'en peut plus de Deschanel.

Il n'en peut plus de Paul et Solange.

Il n'en peut plus de Greta Thunberg.

Il n'en peut plus des tire-bouchons technologiques qui ne marchent pas.

Il n'en peut plus de devoir argumenter pour ne pas aller visiter des moines qui bouffent du quinoa à La Bourboule.

Il n'en peut plus de cette robe à fleurs.

Il n'en peut plus de lui-même.

Sidérée, Isabelle laisse passer la tempête, puis commence doucement à remuer les lèvres...

« T'es cinglé... Je te fais le cadeau d'une robe... Je te demande juste de l'essayer... Je cherche gentiment à savoir pourquoi tu ne veux pas... Et toi, tu la déchires... Il faut te faire soigner, mon pauvre ami... Tu es complètement cinglé... »

Le silence s'installe doucement dans la pièce. Épuisé mentalement, Jean-Pierre s'allonge cette fois de tout son long sur le canapé. Avec Isabelle dans son dos, on pourrait croire qu'il est en pleine séance de psychanalyse. Il fixe le plafond et se met justement à parler, non pas à sa femme, mais à un thérapeute imaginaire chez qui l'on peut se plaindre.

« C'est à moi de me faire soigner... Ben voyons... Elle veut que je porte une robe à fleurs au dîner de ce soir et c'est à moi de me faire soigner...

— Je confirme... »

Jean-Pierre se redresse d'un bond.

« Mais enfin, Isabelle, tu débloques ou quoi ?

— C'est *moi* qui débloque ?

— Parfaitement ! Tu débloques, ma petite fille ! Tu débloques à plein tube ! Je ne sais pas s'il y a un département psychiatrie à Cochin, mais tu ferais bien d'aller y faire un tour. Et même un stage ! Ce n'est pas à La Bourboule que tu dois aller, c'est chez les zinzins ! Tu m'entends, Isabelle ? Chez les zinzins ! »

Jean-Pierre n'arrive plus à penser. Cette fois, c'est sûr, la soirée est foutue. Ils ne reviendront plus en arrière. Trop de choses ont été dites. La soirée est fichue et peut-être même leur couple. Comment rester ensemble après ça ? La marmite bouillait depuis quelque temps déjà mais là, ça déborde carrément.

Ça va vite dans sa tête... Il songe à la séparation. Isabelle sera terrible, il en est certain. La délicieuse et compréhensive Isabelle va se muer en harpie. Elle va le déchirer en deux, tout comme il vient de déchirer la robe. Il ne restera que des bouts effilochés de lui. Elle emportera tout dans sa colère. Les meubles encore, il s'en fout, ils sont si peu à lui. Mais Élodie, la famille, les amis, le monde entier sera de son côté à elle. Elle va le mettre sur la paille financièrement, physiquement et moralement. Elle n'aura d'ailleurs pas beaucoup à se forcer. Jamais il n'aura le cran de s'accrocher aux objets et aux gens qui le quitteront dans le sillage de sa femme. Il ne pourra que les regarder s'éloigner et disparaître à tout jamais. Les convaincre de rester ? Oh non ! il s'en sait bien incapable. Plus que par KO, c'est par forfait de l'adversaire qu'elle gagnera le match.

« Tu sais quoi ? Je ne te ferai pas ce cadeau. Je ne me laisserai pas gagner par ta mauvaise humeur, par ta colère et par tes blocages. Je suis plus forte que ça... »

Sur ces paroles, elle quitte la pièce. Jean-Pierre l'entend farfouiller dans leur chambre. Qu'est-ce qu'elle manigance encore ? Il sent l'inquiétude monter en lui. Ça ne cessera donc jamais...

De retour dans le salon, elle affiche le même sourire blanc et décidé qu'une candidate démocrate au Sénat américain et montre à son mari une autre robe à fleurs, identique en tout point à la précédente. Seule la teinte change.

« Mon chéri, c'est très calmement que je t'annonce que j'en ai pris deux, des robes, au magasin, j'avais un doute sur la couleur... Alors maintenant, tu vas être raisonnable, tu vas être un grand garçon... Tu vas prendre ton bain... Puis tu en sortiras quand Solange et Paul arriveront... Tu te sécheras bien... Tu te mettras, pourquoi pas, une touche de mascara... Et surtout tu enfileras cette robe ! Allez hop ! À poil ! »

19 h 56

L'ordre d'Isabelle a fini par se perdre dans l'atmosphère de ce salon bourgeois parisien. Jean-Pierre ne s'est pas mis nu. Ou plutôt pas tout de suite, car il va tout de même prendre un bain. Après avoir fixé sa femme, il a froncé les sourcils et regardé ailleurs, semblant réfléchir à quelque chose, mais à quoi ? Il n'est pas encore dans la baignoire que ses pupilles se dilatent. Il a trouvé une explication et son visage s'éclaire.

« J'ai compris, Isabelle... Ça y est, j'ai compris...

— J'en suis très heureuse pour toi... Peut-on savoir ce que tu as compris ?

— Arrête, c'est bon... J'ai compris...

— J'en suis vraiment ravie... Mais tu as compris quoi ?

— Pas besoin de continuer ton manège puisque je te dis que j'ai compris... Je ne sais même pas pourquoi tu as fait tout ce cirque pour en arriver là... Enfin, si, j'ai une petite idée... »

Sexuellement, il n'y a jamais eu de problème particulier dans leur couple. Les désirs de l'un correspondent le plus souvent aux désirs de l'autre. Et quand ce n'est pas le cas, sans même avoir besoin d'en faire une dissertation, ils finissent toujours par se comprendre et trouver un terrain d'entente mutuel et horizontal. Il n'y a pas ou peu eu de tabous entre eux. Il leur est même arrivé d'explorer ensemble des territoires plus secrets, de flirter avec quelques interdits. Ainsi ils se sont laissés aller, deux ou trois fois, il y a quelques années, à pousser les portes de clubs libertins, comme disent les initiés, de clubs échangistes, comme disent les néophytes. Ils n'y ont d'ailleurs rien échangé du tout, si ce n'est le piment que ces virées, somme toute très sages, apportent à ces couples qui le ramènent à la maison et le glissent dans leur couche maritale.

Alors oui, bien sûr, le temps passant, les baisers (les vrais, avec la langue) se font de plus en plus rares. Les longues caresses se sont raréfiées. Les positions acrobatiques mériteraient maintenant un entraînement préalable. Les bouteilles d'eau, qu'ils vidaient en sueur entre deux orgasmes puissants, restent pleines. Les convocations surprises pour une partie de jambes en l'air impromptue ont disparu. Comme sans doute pour tous les couples qui durent, d'un rythme quasi quotidien la première année, leurs relations sexuelles sont passées à un rythme hebdomadaire, et maintenant mensuel. Mais cette baisse d'activité charnelle ne les dérange pas plus que ça. Au début, quand cela manquait à l'un ou l'autre, celui-ci se réfugiait dans ses fantasmes (les épaules d'un cardiologue de Cochin ou le décolleté d'une chanteuse à la télé) qui trouvaient son aboutissement avec la main, pour lui, et le pommeau de douche, pour elle. Puis même ces incartades solitaires se sont avérées de moins en moins nécessaires. La première fois qu'Isabelle se rendit compte qu'elle avait la flemme de se masturber, elle considéra qu'elle avait peut-être, de ce point de vue là aussi, fait son temps. Il en fut de même pour Jean-Pierre, à qui il arrivait maintenant fréquemment de remettre une branlette à plus tard à cause d'un programme télé.

Et puis, parfois, leurs hormones se mettent à l'unisson. Après avoir posé le livre sur la table de nuit, une main s'en va fureter sur le caleçon de l'un ou la nuisette de l'autre... Un quart d'heure ou une demi-heure après, les corps sont rassasiés. On est tranquille pour quelques semaines.

« C'est un truc sexuel, c'est ça ?

— De quoi tu parles, Jean-Pierre ?

— Vingt-cinq ans à faire l'amour disons... normalement... tu en as un peu marre... Vingt-cinq ans à voir en moi sexuellement un homme disons... classique... tu veux autre chose... T'as envie que je fasse le travelo, c'est ça ?

— Quoi ? »

L'œil concupiscent de Jean-Pierre sur cette dernière allocution tend à confirmer à sa femme son diagnostic. Syndrome frontal. C'est fréquent après un petit accident vasculaire cérébral. Les AVC sont parfois fantômes. Un écoulement sanguin, même minime, dans la zone avant du cerveau conduit l'individu à avoir des comportements et des paroles sans gêne, vulgaires, graveleux. Les filtres neuronaux de la bienséance ont sauté.

« Ça t'excite de me voir en robe ? T'as envie que je fasse la femme ? Peut-être la poussière aussi, hissé sur des mules à talons ? Tu veux me fouetter en m'appelant Maria ? »

Isabelle est à deux doigts d'appeler le Samu.

« T'es complètement maboul, Jean-Pierre, c'est pas possible autrement ! Ou alors tu nous fais un AVC...

— Ça arrive, ma chérie ! Même à des gens très bien...

— L'AVC ? Oui, ça arrive à des gens très bien, je te le confirme.

— Mais non, je ne parle pas de ça... T'as envie de pimenter notre vie sexuelle... Tu veux mettre de la harissa dans le couscous !

— Que vient faire le couscous là-dedans ? ! Tout ça n'a aucun sens.

— C'est une image...

— Eh ben ! elle est jolie, ton image ! »

Jean-Pierre prend alors un air docte dont il n'est pas coutumier et qui, pour tout dire, ne lui va pas du tout.

« Malheureusement, ma chérie, je suis désolé, je t'aime beaucoup, je peux même comprendre tes envies exotiques, mais pardon, ce que tu veux de moi est au-dessus de mes forces. Je ne ferai jamais le travelo pour toi. Et pour personne d'ailleurs. »

« Si ce n'est pas médical, c'est consternant… Je crois que je préférerais encore la rupture d'anévrisme », songe Isabelle.

« Le travelo, tu dis ?

— Oui, le travelo.

— Ça veut dire quoi ?

— Ça veut dire le travelo !

— C'est du vieux français ?

— Arrête Isabelle ! Ne rends pas la situation plus pénible… Un travelo, tu sais ce que c'est qu'un travelo, non ?

— C'est un mot qu'on n'utilise plus, dit-elle froidement. On dit transgenre, éventuellement, mais pas travelo.

— Soit ! Eh ben, je ne ferai pas le transgenre, alors, si tu préfères !

— Oui, je préfère.

— Je ne vois pas ce que ça change mais bon. En tout cas… »

Isabelle ne lui laisse pas le temps de finir sa phrase.

« Ça change tout ! » Cette fois, elle le fusille carrément du regard. Sa colère n'est plus seulement froide, elle est sourde. « Et ça change surtout l'idée que je me faisais de toi. »

Il ne voit pas très bien où elle veut en venir. La psychologie des femmes est décidément bien complexe. Le mieux est de ne pas s'y attarder.

« Admettons… Tout ça pour dire que ton délire sexuel, là… me voir en machin… en transgenre… eh ben ! désolé, mais c'est non… »

Devant la moue de sa femme, Jean-Pierre se sent encore le besoin de se défendre. Pourtant il en a marre de se justifier. De chercher des raisons à ses volontés légitimes qui ne devraient pas souffrir la contradiction. Cette sensation permanente de se retrouver au tribunal, sur le banc des accusés...

« Je sais bien qu'aujourd'hui l'homme écoute les désirs de sa femme, mais faire le ménage en talons hauts pour t'exciter, c'est non !

— Mais bien sûr...

— Je veux bien faire plein de trucs, mais pas ça... Tiens ! J'irais même jusqu'à partouzer avec Paul et Solange pour te faire plaisir. Ce n'est pas que ça m'enchante mais bon... Ils ne sont pas drôles, mais si ça se trouve, au lit, c'est des fous furieux ! Les fiscalistes sont tellement chiants qu'ils doivent bien se rattraper quelque part. C'est pas impossible que Paul et Solange soient deux affolés du slip. »

Il s'étonne lui-même de ce qui est en train de sortir de sa bouche. Pire que le tribunal, c'est dans un monde parallèle qu'il est tombé. Et c'est Isabelle qui l'y a poussé. Même pas insidieusement, non, volontairement. Deux solutions : soit elle est restée sur la rive de la raison et l'a balancé pour se débarrasser de lui, soit elle est tombée dans l'abîme avant lui et tente de l'y entraîner à son tour, histoire de ne pas être seule.

« Tu es en train de me dire que tu souhaites que nous fassions l'amour avec Solange et Paul ?

— Je n'y tiens pas particulièrement mais quitte à choisir entre faire la femme en robe à fleurs ou partouzer avec des fiscalistes, je crois que je préfère encore les fiscalistes.

— Je le répète : tout ça n'a aucun sens.

— Excuse-moi d'essayer d'en trouver un à ta lubie de me déguiser en bonne femme !

— Merde ! hurle Isabelle en se précipitant vers la salle de bains.

— Qu'est-ce qui te prend ?

— La baignoire, elle doit déborder ! lui crie-t-elle dans sa course. Et voilà, ça devait arriver ! Merde, merde, merde et re-merde ! »

Jean-Pierre se frotte les yeux. Il aurait bien besoin d'un petit remontant. Et s'il se servait un whisky ?

« Faut dire avec tes idées à la con... commence-t-il sans être certain qu'elle l'entende. C'est malin ! Elle est bien, la soirée... On veut me faire porter des robes, on invite des fiscalistes à dîner, on provoque des inondations... Je dis bravo, madame ! »

Isabelle, après avoir fait un détour par la cuisine, revient dans le salon, armée de deux seaux et autant de serpillières. Jean-Pierre ne bouge pas.

« Plutôt que de raconter des conneries, tu ne veux pas plutôt m'aider ? »

Au fond, il n'attendait que ça. Qu'un événement pareil interrompe son joli petit plan qu'elle croit sans doute imparable. Lui rabattre son caquet, lui faire cesser cette comédie absurde, et que la vie, la vraie vie, recommence. Que la réalité de la nature reprenne ses droits.

Il se lève, en prenant son temps, l'air satisfait de lui-même...

« Ah ! quand on a un souci de plomberie, on a besoin d'un homme, un vrai... Pas d'une bonne femme en robe ! »

« Quel con ! », se dit Isabelle en lui jetant l'une des serpillières à la figure qu'il évite d'extrême justesse. Elle finit sa course aérienne contre la fenêtre.

« Ça va pas, non !

— Écoute-moi bien Jean-Pierre, tu prononces encore une fois le mot “bonne femme” et je te préviens, ça va très mal se passer. »

Jean-Pierre essaye de retrouver un peu de sa superbe. Ce qui n'est pas simple quand il réalise qu'il est passé tout près de se prendre une serpillière dans la tête.

« Oh ! mollo, hein ! Et sur un autre ton, s'il te plaît ! »

Isabelle n'a aucune intention d'en changer. Au contraire.

« Me suis-je bien faite comprendre ?

— Oui chef ! Bien chef ! ironise-t-il tout en empoignant la robe de remplacement. On n'utiliserait pas ça en guise de serpillière ? »

Elle ne répond rien. N'émet même pas un signe. Sa blague vient de faire plouf. Ou plutôt pan ! car elle s'est cognée au mur du mépris.

Jean-Pierre ramasse la vraie serpillière et suit sa femme qui a déjà pris la direction de la salle d'eau, en marmonnant « On ne peut plus rien dire... »

Dans le couloir, il a le dos de sa femme en ligne de mire. Pourtant il sent monter la peur en lui. Comme une tumeur. Il pourrait en parler à la toubib qui s'agenouille maintenant pour éponger mais il n'ose pas. Alors lui aussi s'agenouille et éponge.

Jean-Pierre, serpillière à la main, pense à ses parents. Courbé en deux, il se souvient...

Dans le couple qu'ils formaient, c'est sa mère qui bricolait. Son père était infoutu de se servir d'un tournevis ou d'un marteau. Comme d'à peu près tout d'ailleurs. Vous lui mettiez une casserole ou un fer à repasser entre les mains, il ne savait qu'en faire. Louis était intellectuel et taiseux. Marinette, sa femme, manuelle et bavarde. Le yin et le yang. Un attelage totalement asymétrique qui fit sa course au trot, une vie durant, si ce n'est dans l'allégresse, en tout cas dans la sérénité. Bien sûr, les défauts de l'un agaçaient l'autre. Et même plus parfois. Mais au lieu de sombrer dans la béance du conjoint, il ou elle la bouchait. Bref ! On peut dire que ces deux-là se complétaient.

Louis était heureux de pouvoir compter sur son épouse pour confectionner le repas du soir. Il n'avait plus qu'à mettre ses pieds sous la table. C'était l'expression de Marinette qui faisait semblant de s'en plaindre. Elle n'était certes pas un cordon-bleu (sa spécialité étant le gâteau de crêpes au fromage : des crêpes empilées les unes sur les autres, seulement séparées par une couche d'emmental râpé, et fondu après que le tout a été passé au four) mais les nourritures terrestres ne tenant pas une grande place dans sa vie, c'était bien suffisant pour Louis. Ces repas existaient, le nourrissaient, là était l'essentiel. Les rares fois où le petit Jean-Pierre et sa mère partaient en vacances sans Louis, à leur retour ils constataient en inspectant la poubelle, qu'il n'avait pas vidée (il n'avait jamais mis les pieds dans le local à ordures de l'immeuble), que le père, lorsqu'il était seul, s'alimentait exclusivement de sardines à l'huile. Et de biscottes. Même pas de pain en vue. Il rentrait rarement du bureau avant vingt heures, les boulangeries étaient fermées. Savait-il au moins que le pain se vendait dans une boulangerie ? Ce n'était pas sûr. Louis maîtrisait donc l'art de l'ouvre-boîte, c'était à peu près tout. De la même façon, il appréciait de ne pas avoir à se soucier d'avoir à chercher le tableau électrique lorsque les plombs sautaient. Marinette savait dompter le disjoncteur et faisait très bien la différence entre une vis à tôle et une vis à bois. Elle pouvait même déboucher un siphon de lavabo les yeux fermés.

Marinette admirait son mari dans sa capacité à prendre les finances du ménage en main. Non seulement c'était lui qui ramenait l'argent à la maison (elle était femme au foyer), mais en plus, à force d'étudier à la veillée les cours de la Bourse, il le faisait fructifier. Ils ne manquaient jamais de rien et c'était grâce à lui, elle n'en doutait pas. Et puis il avait étudié, contrairement à elle qui n'avait pas été au-delà du bac. Il avait passé plusieurs années sur les bancs de la faculté de droit et d'économie. Ses connaissances en histoire, en géographie ou en politique étaient bien plus importantes que les siennes. Louis était incapable de planter un clou ou de lancer une machine à quarante degrés, mais il connaissait les noms de tous les rois de France, de Childéric Ier à Louis-Philippe. Et il pouvait même les réciter dans l'ordre, sans se tromper. Sa femme en était très fière et ne manquait jamais de le signaler à ceux qui voulaient bien l'entendre.

Dans l'éducation de leur fils unique, il en était de même, les rôles étaient parfaitement répartis et personne n'aurait songé à s'en plaindre et encore moins à les échanger. Marinette habillait, lavait, soignait et nourrissait Jean-Pierre, et lui faisait faire du vélo aussi. Louis l'aidait dans ses études et l'emmenait au musée.

Jean-Pierre éponge et se dit qu'il n'a jamais vu son père à quatre pattes, serpillière à la main. Alors peut-il seulement l'imaginer en robe ? Son père en robe : quelle blague !

20 h 20

« Laisse tomber, Isabelle... Ça finira par sécher tout seul. »

Jean-Pierre, enfoncé dans le canapé, un seau à ses pieds, pense à son père et sa mère avec émotion. Il aurait dû leur dire plus souvent qu'il les aimait. Maintenant, ils ne sont plus là. Où sont-ils ? Ont-ils emporté leur monde avec eux ?

Isabelle rapplique dans le salon en s'épongeant le front après avoir épongé la salle de bains et une partie du couloir. Jean-Pierre a vaguement aidé. Il s'y est pris comme un manche. Comme d'habitude. Il n'est décidément pas doué.

« Tout ça à cause d'une robe, soupire-t-elle, et de ta tête de mule ! »

L'espace d'un instant, il a craint qu'elle ne dise « ta tête de con ». On n'en est pas encore là. Il doit sans doute s'estimer heureux.

« On va en rester là, Jean-Pierre...

— C'est ça, restons-en là... » confirme-t-il, l'œil morne.

Isabelle ouvre un tiroir et en sort le menu du resto japonais d'en bas qu'elle parcourt distraitement.

« Ils ne devraient pas tarder...

— Qui ?

— Solange et Paul.

— Super ! » lance-t-il avec une ironie aigre.

Elle, accablée. Lui, abîmé. À les voir tous les deux, on pourrait se dire qu'ils viennent de franchir la ligne d'arrivée du marathon de Paris. Et que leur chrono n'est pas fameux. De toute façon, ce sont toujours les Éthiopiens ou les Kenyans qui gagnent, alors...

Après quelques minutes de silence, Jean-Pierre sort de sa léthargie.

« Putain, j'y pense tout d'un coup, ils ne viennent pas avec leur gosse, j'espère ? J'ai pas envie de jouer les baby-sitters.

— Enfin, Jean-Pierre...

— Pardon, mais la soirée couches Blédina, très peu pour moi.

— Elle a dix-neuf ans...

— Qui ?

— La fille de Solange et Paul ! Elle a dix-neuf ans. À cet âge-là, on ne met plus de couches. Et on mange solide.

— Oui, ben je n'ai pas non plus envie de jouer aux petits chevaux.

— Les petits chevaux, on n'y joue plus quand on a dix-neuf ans. Et d'ailleurs, on n'y joue plus du tout de nos jours.

— Qu'est-ce que j'en sais, moi ? J'y connais rien en enfants. »

Isabelle doit-elle lui rappeler l'existence d'Élodie ? C'est comme s'il avait tout oublié. Une forme d'amnésie. Oublié qu'il est père, oublié qu'on ne dit plus « travelo » depuis belle lurette, oublié que les petits chevaux sont à ranger au rayon des antiquités, oublié que les hommes portent des robes...

« De toute façon, rassure-toi, Victoire n'accompagne pas ses parents ce soir.

— Elle s'appelle Victoire ?

— Oui... Depuis sa naissance.

— S'appeler Victoire quand t'as la gueule d'une défaite, c'est quand même spécial. »

La méchanceté, ça, il n'a pas oublié.

« Tu es vraiment immonde !

— Avoue que Paul et Solange n'ont pas eu le nez creux en choisissant le prénom de leur môme, elle est affreuse !

— C'est faux, elle est très mignonne.

— Mignonne ? Elle fait deux tonnes ! »

Une fois de plus, Isabelle le foudroie du regard. Les yeux encore un peu plus noircis par la colère.

« Retire immédiatement ce que tu viens de dire ! Je t'interdis de parler du poids de Victoire ! Pas de grossophobie sous mon toit !

— C'est un petit peu mon toit aussi...

— Tais-toi ! le coupe-t-elle brutalement. Et puis Solange et Paul ne pouvaient pas prévoir que...

— Que ?

— Que leur fille serait...

— Grosse !

— Je t'ai demandé de te taire ! On pourrait nous entendre... »

Et c'est lui qu'on traite de paranoïaque ! Eh ben, dis donc... Il n'y a personne à part eux deux dans cet appartement. Jean-Pierre voit mal le voisin d'en face écouter à la porte. Et il est peu probable que l'Association des obèses de France ait installé des micros chez eux. Alors il ne voit pas pourquoi il s'arrêterait en si bon chemin. Il est chez lui. Et jusqu'à preuve du contraire, il fait et dit bien ce qu'il veut dans son foyer.

« Je ne parle pas que du corps... Il y a sa tronche aussi. Ceci dit, avec Paul et Solange, il y avait un terrain défavorable. Ce ne sont pas des premiers prix de beauté, tous les deux. Ils ont des miroirs chez eux ? Comme la génétique ne ment jamais, ils auraient dû s'abstenir.

— Garde tes remarques désobligeantes, je t'en prie ! Et puis de toute façon, Victoire a dix-neuf ans, c'est un peu tard pour changer son prénom.

— Si tu veux mon avis...

— Je n'en veux pas de ton avis !

— Si tu veux mon avis, Paul et Solange auraient même dû carrément s'abstenir de la concevoir. Quand on n'a pas les moyens de ses ambitions, on s'empêche. Quand tu es manchot, tu ne te lances pas dans le tricot.

— Tu es infect !

— Je ne suis pas infect, je suis réaliste, lucide. »

Isabelle pourrait se mettre à pleurer, là, maintenant, tout de suite. De rage et de tristesse. Qu'est devenu son mari ?

Sangloter devant cet homme qu'elle ne connaît plus. Qui la dégoûte même. Et puis gémir sur son sort, car elle n'a pas mérité ça.

Jean-Pierre voit bien que les yeux de sa femme s'embrument. Il n'y a pourtant pas de quoi se mettre dans un état pareil. Victoire est grosse et moche et puis voilà !

Isabelle aimerait tellement qu'il vienne la consoler, la prendre dans ses bras, qu'il vienne s'excuser pour tout le mal qu'il lui fait, pour tout le mal qu'il a fait à l'humanité tout entière. Mais non, il reste planté dans son canapé. Alors comme souvent, c'est elle qui va faire l'effort, qui va tenter de le sauver. Elle s'agenouille devant lui et lui prend ses mains.

« Jean-Pierre ?

— Quoi ?

— Tu peux m'expliquer ?

— T'expliquer quoi ?

— Pourquoi tu es comme ça ?

— Je suis comment ?

— Pourquoi tu es toi ? Pourquoi tu me fais une scène ?

— Ah ! parce que c'est moi qui te fais une scène ?

— Je ne veux pas qu'on recommence à se disputer. Je veux juste essayer de comprendre...

— Comprendre quoi ?

— Pourquoi tu fais toute une histoire pour tout ?

— Je ne fais aucune histoire !

— Mais si, pour tout... Pour le prénom de Victoire, pour le stage à La Bourboule, pour le redressement fiscal, pour le dîner avec Solange et Paul, pour tout... Même pour une robe ! Tu te rends compte ? Une simple robe... »

Jean-Pierre dégage ses mains de celles de sa femme qui reste à genoux dans le vide, puisque lui a bondi du canapé.

« Mais merde à la fin ! »

Isabelle se relève. Elle est désespérée. Elle aura tout essayé. Tout.

« Arrête avec la vulgarité, s'il te plaît...

— C'est moi qui suis vulgaire ? C'est pas vulgaire de vouloir me déguiser en bonne femme ? »

En moins d'un quart de seconde, la main droite d'Isabelle atterrit sur la joue de Jean-Pierre.

« Je t'avais prévenu », lui dit-elle fermement, le laissant coi et la mâchoire en vrac.

20 h 39

La tête de Jean-Pierre a fait un aller et retour vers la gauche, le reste de son corps n'a pas bougé. L'instant suivant, même son visage, malgré la violence de la claque, s'est statufié dans une mimique hébétée. Cela ne dure que deux ou trois secondes mais qui, pour un observateur pourtant avisé des choses de la vie et des baffes dans la gueule, semblent une éternité.

À l'hébétude a succédé l'effroi, et à l'effroi, la rage.

« T'es complètement secouée !

— Je t'avais prévenu ! Pas de "bonne femme" ici ! C'est inadmissible, tu comprends ? Inadmissible !

— Je peux te le dire autrement, ça ne change rien ! Et je te le répéterai dans toutes les langues s'il le faut ! Ce qui est inadmissible, c'est vouloir que j'enlève mon pantalon et que je mette une jupe !

— Ce n'est pas une jupe, c'est une robe...

— Une jupe, une robe, un pagne, un boubou, tu appelles ça comme tu veux, je m'en branle !

— Tu n'es pas Africain, Jean-Pierre alors je ne vois pas pourquoi je souhaiterais que tu portes un boubou. L'appropriation culturelle, très peu pour moi, merci !

— La quoi ?

— L'appropriation culturelle !

— Décidément, tu es fêlée, ma pauvre Isabelle... Complètement fêlée ! Sois logique avec toi-même ! Si je n'ai pas le droit de mettre un boubou parce que je ne suis pas Africain, je ne vois pas pourquoi je pourrais porter une robe alors que je ne suis pas une femme !

— Je ne vois pas le rapport. Je ne vois pas en quoi le fait d'être un homme t'empêche de porter une robe. C'est toi qui es fou, Jean-Pierre... C'est toi !

— Parce que les hommes ne portent pas de robes ! Tu entends, Isabelle ? Les hommes ne-por-tent-pas-de-ro-be ! »

Il a bien séparé les syllabes. Comme s'il s'adressait à un sourd, un enfant, ou un handicapé mental. Ou les trois à la fois.

« C'est faux ! »

Jean-Pierre fait un demi-tour sur lui-même et s'éloigne en se mordant le poing.

« Oh ! putain, je vais la buter ! »

Cette fois, c'est Isabelle qui va chercher son mari, l'agrippe par le bras et l'oblige à lui faire face. Elle veut qu'il entende raison, une bonne fois pour toutes.

« Écoute-moi bien, Jean-Pierre... De nos jours, et tu devrais le savoir, il y a tout un tas d'hommes qui portent des robes.

— Chez Michou peut-être, mais pas ailleurs !

— Chez qui ?

— C'est ça, fais comme si tu ne connaissais pas... À part chez Michou, les hommes ne portent pas de robes ! Tu en as déjà vu, dans la rue, qui se baladent en robe ?

— Évidemment...

— N'importe quoi ! Il y en a qui se mettent des crèmes, certains se parfument, il y a même des chochottes qui s'épilent, mais les mecs ne portent pas de robes ! »

Isabelle secoue la tête. Elle est navrée. Pire, elle est désespérée.

20h41

20 h 41

Dans un coin de la pièce, Isabelle s'est lancée dans la lecture silencieuse du menu japonais.

Entre la description du California yellow veggie et celle du Spring tataki tofu, elle relève la tête et dit à son mari sur le ton le plus monocorde qui soit : « Tu sais, Jean-Pierre, j'ai l'impression que tu te réveilles d'un coma de vingt ans... Je n'osais pas te le dire mais tu devrais passer un scanner. »

Cette obsession à le voir comme un malade. Qu'est-ce qu'ils ont tous avec ça ? Isabelle, Deschanel... et même Élodie qui passe son temps, lors de ses visites à ses parents, à lui prodiguer des conseils relatifs à son hygiène de vie. « Tu bois trop, Papa », « Tu manges trop gras, Papa », « Tu devrais t'acheter un elliptique, Papa ». Que ferait-il de pareil instrument de torture ? Le père de Jean-Pierre est-il déjà monté une fois dans sa vie sur ce genre de machine infernale ? Jamais ! Ce qui ne l'a pas empêché de mourir de sa belle mort à un âge fort respectable. À cette contre-argumentation, Élodie lui répond inlassablement que le monde a changé.

« La terre est toujours ronde, à ce que je sache.

— Ce sont des boomers comme toi qui vont finir par la détruire avec votre mode de vie égoïste, avec votre viande à tous les repas... »

Et c'est parti pour le sermon écologiste. Il faut croire que son petit con de Julien a fini par déteindre sur elle. Il en viendrait presque à se demander si c'est bien lui qui l'a élevée.

L'autre jour, alors qu'Élodie faisait une escale de vingt-quatre heures à Paris, il s'est mis en tête de faire comme au bon vieux temps, quand Isabelle était absente et qu'il restait seul avec sa petite fille : regarder ensemble un film avec son acteur préféré, qu'il vénère depuis toujours, Jean-Paul Belmondo. Le désir et le plaisir de transmettre à son enfant sa passion pour Bebel. Et à l'époque, ça marchait ! À six ou sept ans, Élodie riait aux éclats devant les pitreries du *Magnifique*, applaudissait aux cascades du *Guignolo*, se délectait des mandales distribuées « aux méchants » par l'*As des as*.

Ce soir-là, Jean-Pierre a mis le DVD du *Professionnel* dans le lecteur, sans attendre l'approbation de sa fille, devenue grande, qui a passé la moitié du film les yeux rivés sur son Smartphone, et l'autre à souffler. Ce n'était décidément pas comme avant...

« Que se passe-t-il ? Tu n'aimes plus ?

— Regarder un type qui passe sa vie à sauter sur les filles et à tabasser de pauvres types, je ne vois pas l'intérêt...

— Pourtant quand tu étais petite...

— Sans parler du moment où ton Belmondo (ce n'était plus *leur* Belmondo, c'était *son* Belmondo) dit au Président africain que contrairement à ce que l'on pourrait croire, il n'est pas malin comme un singe... C'est plus que limite, papa. C'est abject.

— Ça va, c'est de l'humour...

— Ce n'est pas drôle !

— Et puis il faut replacer dans le contexte...

— Il n'y a ni contexte ni humour ! Et puis je te l'ai déjà dit mille fois : le monde a changé. Il faut se réveiller ! Tu dors depuis combien de temps exactement ? »

Et si c'était vrai ? Et s'il sortait réellement d'un long sommeil ?

Il n'a pas vu sa fille pousser, d'accord. Il n'a pas vu le monde changer, très bien. Tout cela est sans doute vrai. Mais de là à l'envoyer au scanner... Et pourquoi pas directement au cimetière, pendant qu'on y est !

20 h 42

Jean-Pierre fait les cent pas en prononçant ces mots en boucle : « Un scanner... un scanner... », pendant qu'Isabelle poursuit sa plongée en terre gustative soi-disant nippone.

« Un scanner... Toi et tes tumeurs... T'en vois souvent des mecs en robe ?

— Oui.

— Tu te fous de moi ?

— Non.

— Je ne sais pas dans quel coin tu traînes, ni qui tu fréquentes, mais je t'assure que dans la vraie vie, les hommes sont en pantalon, éventuellement en bermuda, et même certains abrutis en short, mais en robe, jamais ! Tiens, Deschanel par exemple, il porte des robes peut-être ?

— Vraisemblablement. »

Jean-Pierre éclate de rire.

« Deschanel en robe ? J'aimerais bien voir ça, tiens... Deschanel en robe... Tu dérailles, ma pauvre, tu dérailles !

Fais gaffe, t'es pas loin de la sortie de route... Deschanel en robe... Et de Gaulle, il portait un tutu ?

— Quel est le rapport entre de Gaulle et Deschanel ?

— Aucun ! C'est un exemple. Deschanel en robe, c'est aussi improbable que de Gaulle en tutu !

— Sauf que de Gaulle, c'était au vingtième siècle... Et nous sommes au vingt et unième, au cas où tu ne l'aurais pas remarqué.

— Et au vingt et unième siècle, les hommes portent des robes bien sûr...

— Oui. » On sonne à la porte. « Ce doit être Solange et Paul, va leur ouvrir, faut que je finisse de me préparer, lui ordonne-t-elle en empruntant le chemin de la chambre.

— Tu crois que Paul a opté pour des bas ou des collants ? » a-t-il juste le temps d'ironiser avant de se lever et se diriger vers la porte d'entrée, ajoutant pour lui-même cette fois : « Deschanel en robe... N'importe quoi ! »

20 h 43

Jean-Pierre s'est constitué non sans mal un sourire commercial avant d'ouvrir la porte. Sourire qui va disparaître instantanément.

« Nom de Dieu de bordel de merde !

— Comment ça va, mon petit vieux ? » l'apostrophe joyeusement Paul... Paul, type de taille modeste, au visage rondouillard et gai, allure de fiscaliste heureux, gueule d'épargnant épanoui.

Jean-Pierre ne répond pas. Figé devant l'encadrement de la porte, il est bouche bée. Paul aimerait entrer mais celui qui doit être son hôte d'un soir l'en empêche en lui barrant le passage par son immobilité. Pour l'encourager à le laisser entrer, il lui tend une bouteille de vin. Tel un automate parfaitement programmé mais parfaitement débile, Jean-Pierre la récupère, et reste là, atone, en panne.

Derrière son mari, Solange trépigne. Petite blonde joufflue, dont les quarante-trois ans n'ont pas effacé sur son visage les rondeurs de l'enfance. Des yeux bleus ronds comme des billes. Une coupe de cheveux de salon de coiffure de province, un carré long avec une frange en forme de vague. Solange n'est ni belle ni laide, Solange a le physique d'une Solange. Elle bouscule légèrement Paul et contourne leur hôte pour pénétrer dans l'appartement.

« Isabelle n'est pas là ? » lance-t-elle comme pour décoincer les deux hommes qui restent bloqués dans leur face-à-face absurde.

Jean-Pierre n'en croit pas ses yeux et Paul ne comprend pas ce qui peut produire un tel effet de sidération chez son ami.

« Dites-moi, les garçons, vous comptez faire tapisserie ici toute la soirée ? » ajoute Solange.

Son mari aimerait lui dire qu'il voudrait bien lui aussi passer à autre chose, qu'il n'y peut rien, que l'autre le fait prisonnier de son regard sidéré, qu'il est lui-même sidéré par la sidération incompréhensible de Jean-Pierre...

Paul est en robe.

Les voix se multiplient dans le cerveau de Jean-Pierre. L'une d'elles assène : « Paul est en robe... Je répète, Paul est en robe. »

Une autre : « Je confirme, Paul porte une robe. »

Une troisième : « Tu ne rêves pas, Jean-Pierre, Paul a une robe sur lui. »

« Ce n'est pas possible ! » dit une quatrième.

Ce à quoi répond une cinquième : « Ce n'est peut-être pas possible mais c'est ainsi, il faut se rendre à l'évidence, Paul porte une robe. »

Et la troisième de reprendre la parole : « Je vous le dis depuis le début que Jean-Pierre ne rêve pas !

— T'as raison, ajoute la première, il est là devant nous et il a une robe.

— C'est validé ! » conclut la deuxième.

Paul est vêtu d'une robe.

Paul comprend qu'il va devoir prendre une autre initiative (offrir la bouteille de vin n'ayant pas suffi), sinon la situation peut durer un siècle tant Jean-Pierre n'a, semble-t-il, aucune intention de le laisser passer. Il s'avance et lui tapote le devant de l'épaule dans un geste qui se veut certes amical mais suffisamment ferme pour que l'autre recule, ce qui lui permet de se faufiler et de rejoindre Solange à l'intérieur. Il faut encore quelques secondes au propriétaire des lieux pour sortir de sa paralysie, refermer la porte et se retourner vers ses invités... Et se rendre compte que malgré le changement de perspective, Paul est toujours en robe. Une robe rouge dont la coupe est proche de celle qu'Isabelle voulait lui faire enfiler tout à l'heure.

« T'as vu ce que je t'ai amené ? dit-il en indiquant du menton la bouteille que Jean-Pierre a toujours dans la main. Condrieu ! Je ne me suis pas foutu de ta gueule !

Et attention, hein, c'est du bio. Grand vin naturel, mon petit vieux !

— Je t'en prie, Paul ! le gronde Solange. C'est vulgaire de faire ça. Tu ne veux pas donner le prix pendant que tu y es ?

— Cent euros ! Et encore, je l'ai eu en promo... »

Solange lève les yeux au ciel et se débarrasse de son sac qu'elle pose sur le guéridon.

« C'est bien mon JP, t'as fermé la porte, mais tu sais, tu peux aussi fermer la bouche... ironise Paul. Qu'est-ce que t'as à me regarder comme ça ? On dirait que tu vois un fantôme... Dis donc, jamais vous ne vous décidez à faire réparer l'ascenseur ? C'est crevant, cette escalade ! J'étais à deux doigts de faire une pause pique-nique au troisième. J'aurais eu un tire-bouchon sur moi que je vidais la boutanche. Faut dire, j'ai une de ces soifs ! Et une de ces faims aussi ! Y a quoi au menu ?

— Paul enfin ! On n'est pas au resto !

— T'as raison ma chérie, chez Isa et JP, c'est pas le resto ! réplique-t-il du tac au tac dans un nouvel éclat de rire.

— Arrête Paul !

— Ben quoi, dit-il en s'adressant à Jean-Pierre toujours muet, tu reconnais qu'Isa et toi, on ne peut pas dire que vous soyez des cordons-bleus. Mais c'est pas grave. Au pire, on commandera des sushis. L'avantage du condrieu nature, c'est que ça se marie avec tout. Surtout quand ça coûte cent balles ! »

Toujours planté devant la porte, Jean-Pierre n'a pas prononcé un mot. Ni bonjour ni rien. Il va le faire maintenant. C'est à Paul qu'il va s'adresser, Paul qui est en robe...

Il est en robe, putain de bordel de merde !

Il doit lui poser la question. La seule question qui vaille. Il prend une grande inspiration. Il le faut...

« Qu'est-ce que c'est que ça ?

— Ben, je te l'ai dit, un condrieu nature à cent balles. Tu m'en diras des nouvelles. Enfin, si tu veux bien l'ouvrir... Qu'est-ce que t'as ce soir, t'es bizarre. T'es pas dans ton assiette ?

— Je ne te parle pas de la bouteille, Paul...

— Ce serait bien de l'ouvrir d'ailleurs... On ne va peut-être pas passer la soirée à la regarder. C'est vrai qu'elle est belle mais à mon avis, c'est surtout ce qu'il y a dedans qui est très très bon !

— C'est une blague ?

— Une blague ? Ah non ! Tu sais bien que je ne plaisante jamais avec le vin.

— C'est un coup monté que vous avez organisé avec Isabelle, c'est ça ?

— Elle est où d'ailleurs, Isa ? » intervient Solange.

20 h 50

« Je suis là ! » claironne joyeusement Isabelle depuis le couloir. Arrivée dans l'entrée où Jean-Pierre est toujours hypnotisé par la tenue de Paul, Solange tente de faire diversion.

« Comment vas-tu ma chérie ? demande-t-elle à Isabelle en l'embrassant sur les deux joues.

— Très bien et toi ? »

Paul arrache la bouteille des mains de son hôte et la présente à la maîtresse de maison.

« Isa, puis-je te confier cette bouteille qui, entre nous soit dit, m'a coûté le mois de salaire d'un ouvrier thaïlandais, ce qui n'a d'ailleurs pas l'air d'émouvoir ton mari plus que ça. »

Isabelle accepte le flacon et en profite pour faire aussi la bise à Paul, tout heureux de sortir ainsi du radar suspicieux de Jean-Pierre.

« Excusez-le les amis, il est bizarre ce soir... Vous venez ? »

Isabelle leur ouvre la route vers le salon, Solange dans son sillage direct. Alors que Paul leur emboîte le pas, Jean-Pierre le voit de dos. C'est comme s'il le voyait de dos pour la première fois de sa vie. C'est encore plus hallucinant que de face. Et sa démarche... En fait, c'est lorsqu'ils portent une robe qu'on se rend compte que tous les hommes ont des démarches de cow-boys. Tous. Même ceux qui ne sont jamais montés à cheval. Incapable de détacher ses yeux de ce spectacle, Jean-Pierre prend conscience qu'il n'avait jusqu'ici jamais vraiment regardé le postérieur de son ami. La légèreté du tissu lui permet de prendre conscience que ce type a le cul bas et probablement flasque. Ses fesses molles balancent. « Faire autant de squash et avoir un derrière dans cet état, c'est dommage », songe-t-il.

« C'est Deschanel... murmure Isabelle à ses invités sur le ton de la confidence.

— Qui ça ? demande Solange.

— Deschanel, son directeur... Une histoire avec les Chinois.

— Qu'est-ce qu'ils ont les Chinois ?

— Toujours les yeux bridés, rigole Paul, immédiatement grondé par sa femme.

— Excusez-le, c'est de l'humour de fiscaliste...

— Deschanel a multiplié par deux les objectifs de Jean-Pierre avec les Chinois et ça le met dans un état pas possible. Et puis, il y a son redressement aussi. Ça le tracasse. »

« Non seulement ils se foutent de ma gueule mais en plus, ils font comme si je n'étais pas là », pense son mari, resté en retrait.

« Pour ce redressement, t'inquiète, on va lui arranger le coup, rassure Paul.

— C'est gentil pour lui... pour nous. » Paul et Solange posent un regard plein de compassion sur le redressé qui ne dit toujours rien. « Oh ! et puis il m'a aussi fait une comédie sur une histoire de vêtement, poursuit Isabelle... Un caprice ! Il m'a fait un caprice ! Je vous raconte... Je lui ai offert un cadeau et monsieur... »

C'est à cet instant-là, sur ces mots-là, que les nerfs de son mari lâchent. Elle le prenait pour une cocotte depuis le début de la soirée avec cette histoire de robe : c'était une cocotte-minute. Qui explose.

« Ta gueule, Isabelle ! »

Les trois ont sursauté. Ont-ils été surpris par l'éclat de sa voix ? Ou se sont-ils tout simplement rendu compte qu'il était là, qu'il existait ?

« Eh ben dis donc, comment tu parles à ta femme ? proteste Solange en solidarité féminine.

— Ta gueule, toi aussi ! renchérit-il.

— Et comment tu parles à la mienne ? lui adresse fermement Paul. Calmos, hein, JP !

— Pour commencer, tu ne m'appelles pas "JP". J'ai un prénom et mon prénom, c'est Jean-Pierre, c'est pas deux initiales. Est-ce que je t'appelle "P", moi ? Non. Alors tu ne m'appelles pas "JP"...

— Tu as raison, dit Solange à voix basse, il n'est pas dans son état normal... »

De nouveau, on parle de lui à la troisième personne. Comme devant le lit d'un malade à l'hosto.

« Alors écoutez-moi bien tous les trois, on va arrêter de rigoler, parce que j'en ai plus qu'assez. Et toi, Paul, tu vas me dire ce que tu fous dans cet accoutrement ? »

Paul s'examine en baissant la tête, puis relève les yeux avec une moue d'incompréhension.

« Quel accoutrement ?

— Ne me prends pas pour un con, Paul !

— Je ne te prends pas pour un con... Qu'est-ce que j'ai ?

— T'as une robe, ducon ! Voilà ce que tu as ! Tu as une robe !

— Oui et alors ? »

Si Jean-Pierre était dans une bande dessinée, on le représenterait avec de la fumée lui sortant des oreilles.

« Oh ! putain, je vais me les faire...

— Ah ! ça y est, j'ai compris ! crie Paul, comme soudain touché par la grâce. C'est la couleur qui le dérange. Je te l'avais dit, mon amour, cette couleur ne me va pas.

— Moi, je t'aime bien comme ça, dit Solange avec un air dubitatif.

— Mais oui, Paul, insiste Isabelle, cette robe te va très bien. C'est de la soie, non ?

— T'as remarqué ? lui répond Paul en s'approchant d'elle. Touche cette matière, c'est tellement doux...

— Tu as raison, confirme-t-elle après l'avoir tâtée, puis caressée. Au toucher, c'est divin, tout simplement divin.

— Paul voulait mettre la bleue, intervient Solange, tu sais, celle qu'il avait pour mon anniversaire... C'est moi qui ai insisté pour qu'il mette la rouge. »

Jean-Pierre doit à nouveau procéder à un flash-back rapide. Qu'est-ce qu'elle raconte ? Paul en robe à son anniversaire ? C'est n'importe quoi... Il était là, pourtant. Est-ce qu'il était là, au fait ?

« Solange a raison, poursuit sa femme, ce rouge te va très bien au teint.

— Tu trouves ? Je ne sais pas... J'avoue que je me sens un peu bizarre avec...

— Évidemment que tu te sens bizarre puisque t'es un homme et que tu portes une robe ! éructe Jean-Pierre dans le vide car c'est à peine si les trois autres se rendent compte qu'il existe encore.

— Ce sont peut-être tes chaussures noires, reprend Isabelle. J'aurais plutôt mis des petites baskets dans le même ton. Rouge et noir, c'est un peu voyant. »

Avant que qui que ce soit puisse répondre, Solange se lève du canapé et se met à chanter, faux et à tue-tête, en se tortillant comme une candidate slovène à l'Eurovision : « En rouge et noir, j'exilerai ma peur / J'irai plus haut que ces montagnes de douleur / En rouge et noir, j'afficherai mon cœur / En échange d'une trêve de douceur. »

D'abord surpris, Paul et Isabelle finissent par applaudir la performance de Solange qui accepte l'hommage avec une modestie apparente et revient sagement s'asseoir.

C'est tout Solange, ça. Cette petite boule d'énergie fait tellement d'efforts pour rester dans les clous qu'elle doit parfois lâcher du lest, desserrer la bride. Elle qui s'astreint à rester bien droite sur l'autoroute de la normalité prend parfois une bretelle, jamais longtemps, pour revenir rapidement dans le droit chemin. Parfois le couvercle saute et le grain de folie sort, il fait un petit tour et rentre vite se cacher. Au début de sa vie adulte, Solange détestait ses dérapages qu'elle ne pouvait pas toujours contrôler. Puis avec le temps et les commentaires de son entourage, elle a fini par se faire à ces emportements bien barrés qu'elle réussissait toujours d'une manière ou d'une autre à circonstancier. Autour d'elle, on trouvait ça charmant. Paul lui avait même avoué, au début de leur relation, que si elle n'avait pas de temps en temps ces égarements joyeux, elle lui paraîtrait sans doute un peu lisse. Solange comprit qu'il voulait dire « fade ». Elle en retint la leçon. Dans la vie, il faut être suffisamment conventionnelle pour être acceptée et suffisamment « fofolle » (c'était son mot) pour être remarquée. Avec l'expérience, elle maîtrisait l'art du dosage à merveille. En tout cas, elle le pensait.

« Tu chantes très bien, Sosso, mais alors moi, tu vois, *Le Rouge et le noir*, ça me fait plus penser à Stendhal qu'à Jeanne Mas.

— Ça, mon Isa, c'est parce que tu es une intellectuelle. »

Les deux femmes se font des œillades.

Jean-Pierre est ailleurs. Le coup de folie de Solange l'a fait cette fois totalement basculer dans une nouvelle dimension dont il sait qu'il va devoir s'extraire d'urgence. « Sinon, se dit-il, je vais finir à Sainte-Anne, c'est sûr... »

21 h 00

« Vous allez arrêter de vous foutre de ma gueule, tous les trois ? »

Jean-Pierre a pesé chaque mot (c'était rapide) de cette question qui s'apparente à une sommation. Il se sait en situation de faiblesse. Par le nombre d'abord : ils sont trois et il est seul. Par la position ensuite : ils ont à chaque fois un coup d'avance sur lui.

Il ne peut que réagir.

Il est en réaction permanente, et stratégiquement, c'est nul.

Il subit.

Isabelle, mortifiée, ferme les yeux. Elle préfère encore ne pas voir ça... Qu'il lui fasse une crise lorsqu'ils ne sont que tous les deux, passe encore. Mais devant leurs amis, elle ne le supporte pas. Elle ne le supporte plus. Ce n'est pas la première fois, mais ça n'avait jamais été à ce point. Elle voit bien que son entourage nourrit maintenant une sorte de compassion à son égard et elle déteste ça. Provoquer une forme de pitié lui fait horreur. Elle qui est pourtant si forte...

Isabelle réalise qu'elle doit donner le change. Son mari a choisi son camp, le camp de la solitude, tant pis pour lui. Il ne l'entraînera pas dans sa chute. D'ailleurs, elle n'est pas toute seule. La vérité est de son côté. Le monde entier est de son côté. Il faut juste qu'elle donne le change ! Montrer aux autres qu'elle ne se laisse pas faire. Qu'adviendrait-il, si elle prenait son parti ? Les autres la laisseraient tomber comme ils le laissent tomber, lui. Car c'est à cause d'elle – ou mieux : grâce à elle – qu'ils ne lâchent pas définitivement Jean-Pierre. Alors si elle sombrait dans le camp du mal, ils finiraient seuls tous les deux et dériveraient loin de la civilisation. Comme une île qui se détache d'un continent, et dont le destin est d'être avalée tôt ou tard par les océans sombres et profonds.

« Jean-Pierre, tu vas arrêter de nous crier dessus ! Ça suffit maintenant ! Solange et Paul ne sont pas venus pour se faire insulter !

— C'est vrai que c'est assez désagréable, confirme Solange d'une voix timide.

— Surtout quand on amène un pinard à cent balles ! appuie Paul d'une voix, à l'inverse de celle de sa femme, tonitruante.

— Ça n'a rien à voir...

— Solange a raison, Paul, ne complique pas tout. C'est déjà suffisamment difficile comme ça... »

« Que ces hommes sont lourds, pensent simultanément les deux femmes. Si Paul n'était pas de notre côté mais de celui de l'autre malade, on pourrait dire qu'il n'y en a pas un pour rattraper l'autre. »

« Pardon mais un condrieu nature à cent balles, on peut s'attendre à être mieux reçu... Je ne dis pas ça pour toi, hein, Isa...

— Je le sais bien, ne t'en fais pas... »

Pendant que sa femme et le fiscaliste se font des politesses, Jean-Pierre est allé s'asseoir près de Paul. Ayant quasiment oublié que sa femme lui a offert une robe il y a quelques heures, il ne voit plus que celle que porte son invité mâle. C'est donc par lui que la digue doit céder. Même si c'est un sacré connard, il n'en reste pas moins homme. Il ne peut pas être tout à fait insensible au sort qui lui est réservé, à lui, Jean-Pierre, son compagnon d'arme testiculaire, son presque frère.

« Paul, mon vieux, tu vois bien que je suis à bout... Tu dois me dire la vérité... Et promis, si tout ceci est un jeu, je ne t'en voudrais pas... Alors je te le redemande très calmement, mais aussi très sérieusement... Qu'est-ce que tu fous en robe ?

— Et c'est reparti ! » beugle Paul en bondissant de son fauteuil, ce qui a pour effet de créer une prise d'air qui gonfle et soulève sa robe comme celle de Marilyn Monroe dans *Sept ans de réflexion...*

Si Jean-Pierre n'avait pas un milliard de nœuds dans le cerveau, il en rirait certainement.

« J'ai quand même le droit de savoir ce que celui qui se prétend être mon ami fout en robe dans mon salon, non ?

— Oui, eh bien, quand on voit comment tu traites tes amis, on préférerait parfois être tes ennemis ! »

La fourbe contre-attaque de Solange n'est pas supportable. C'est le coup de poignard dans le dos.

« Elle va fermer sa gueule, la fiscaliste ? Je lui ai rien demandé ! »

La malheureuse éclate en sanglots. Isabelle se lève instantanément pour faire barrage entre son affreux mari (qui ne s'est pourtant pas levé de son siège) et cette petite femme sans défense qui, il y a quelques minutes encore, incarnait la joie de vive en dansant et chantant à tue-tête. La voici dressée entre la victime et son bourreau, cet homme infect. Comment a-t-elle pu se marier avec un type capable d'une telle grossièreté ? Pire encore, comment peut-elle avoir été recouverte des centaines de fois par lui ? Ce corps, qu'il a sali pendant des années, qu'il a violé, même, sans qu'elle n'en prenne conscience avant aujourd'hui, elle va le sacrifier pour la cause des femmes en l'intercalant entre lui et Solange dont les larmes inondent le visage. Ce corps supplicié, elle va encore trouver la force de le donner en sacrifice. Au nom de toutes les femmes.

« T'es complètement malade, mon pauvre Jean-Pierre ! »

En cet instant, c'est décidé, elle ne se laissera plus jamais faire. La peur doit changer de camp. C'est décidé. Le processus est enclenché, elle ira jusqu'au bout !

Après avoir tenu tête au barbare, elle se tourne vers l'amoncellement de blessures, d'humiliations et de pleurs qu'elle fait se relever, prend Solange par la taille et l'emmène loin du danger.

« Viens, ma chérie... »

Inspirées par leur nécessaire sororité, les deux femmes traversent le salon, serrées l'une contre l'autre, et se réfugient dans la salle de bains.

Jean-Pierre et Paul sont seuls à présent, entourés d'un silence de plomb. Face à face, l'un sur le canapé, l'autre dans un fauteuil, ils n'osent pas se regarder. Le condrieu au milieu, toujours bouché, sur la table basse.

Il va bien falloir le briser, ce silence.

Il va bien falloir la déboucher, cette bouteille.

21 h 09

Les hommes ne savent pas se parler. Quand ils se parlent, ils ne se disent rien. Rien d'autre que des banalités. Au mieux, ils habillent l'inanité de leurs conversations par des envolées bravaches de fanfarons sans profondeur. Une logorrhée de pauvres hères qui peinent eux-mêmes à se convaincre de leur supériorité affichée. De complicité, il n'est finalement jamais question autrement qu'en apparence. Les hommes ne se font pas la courte échelle. Certains d'entre eux plaident pour leur défense une sensibilité enfouie, d'autres la pudeur. Balivernes ! Les seuls qui réussissent péniblement à se sortir de leur misérable condition sont ceux qui ne cachent pas leur honte d'être ce qu'ils sont.

Dans ce salon parisien, c'est la gêne imposée par le silence qui va permettre à l'un de ces deux mâles de s'extirper de son trou à rat. Non pas parce qu'il est le plus courageux des deux, mais parce qu'il est le moins pleutre. Parce qu'il refuse obstinément de crever. Parce qu'il prétend encore à la vie. Ne serait-ce qu'un peu. Et que, pour cela, il est prêt à toutes les compromissions. Voilà le dilemme des hommes aujourd'hui, choisir entre la mort ou une vie de compromis.

« Qu'est-ce qui te prend, JP ? T'es devenu fou ?

— Ça doit être ça, oui...

— Tu as vu comment tu as parlé à Solange ? Ma Solange !

— "Ta Solange"... Ta Solange, il y a dix minutes, elle chantait du Jeanne Mas comme une hystéro, alors...

— Et alors quoi ? Ça mérite de se faire traiter de tous les noms ? Et puis qu'est-ce que tu as contre Jeanne Mas ?

— Je n'ai rien contre Jeanne Mas, je m'en tape de Jeanne Mas.

— Alors qu'est-ce que t'as contre Solange ?

— Je n'ai rien contre Solange.

— Alors quoi ? »

Dopé par la colère, Jean-Pierre en avait presque oublié sa fatigue. Elle vient le rappeler en le frappant violemment derrière la nuque et se diffuse dans tout son corps. L'engourdit.

« Alors rien... Qu'est-ce que tu veux, Paul ? Tu veux que je te demande pardon ? Ben voilà, je te le dis : pardon... T'es content ?

— Ce n'est pas auprès de moi qu'il faut s'excuser, mais auprès d'elle.

— Pardon ! » lance Jean-Pierre en direction de la salle de bains, sans conviction et sans vraiment savoir si le message a été bien reçu.

Le fiscaliste se rengorge, il rosit de plaisir. Une tresse de lauriers lui pousse autour du crâne. Vercingétorix a déposé les armes à ses pieds. Paul se voit en César. Pouce levé ou pouce baissé ? La sensation d'avoir un pouvoir de vie ou de mort sur celui qui s'est cru le plus fort s'est emparée de lui. Il rit en douce car le mâle adverse est à terre, la bête est sur le flanc. Jean-Pierre a montré les muscles, il a sorti les griffes, mais le voilà tout ratatiné dans son fauteuil. Paul pourrait avoir pitié de lui, si Jean-Pierre n'était pas un salaud. Car oui, c'est un salaud. Il le sait maintenant. Même s'il s'en doute depuis longtemps.

L'autre jour, alors qu'elle venait de raccrocher le téléphone avec Isabelle, Solange a dit à son mari : « Pauvre Isa, JP est de plus en plus infernal avec elle... Elle n'a pas de chance. Il est vieux dans son corps et dans sa tête. » Ce à quoi Paul lui a répondu avec un air de dégoût : « Il est vieux... et il est con. C'est un vieux con. Un vieux con réac. »

Il se doute bien que celui qui se présentait comme son ami le méprise depuis toujours. La supériorité de Jean-Pierre, celle qui ne disait jamais son nom, mais s'infiltrait dans tous leurs échanges... Il ne s'est certainement pas gêné pour lui casser du sucre sur le dos. Tiens, cette façon de plaisanter sur sa pratique intensive du squash. « Ah bon, tu fais du squash trois fois par semaine ? » Sous-entendu : « Tu fais du sport à haute dose mais ça ne se voit pas... » Salaud... Salaud ! Jean-Pierre est un salaud... Et Paul jouit.

Il fait moins le malin, là, hein, le mâle dominant ?

« Tu sais, Jean-Pierre, t'as de la chance que je sois un garçon civilisé, sinon...

— Sinon ?

— Sinon je t'aurais mis mon poing dans la figure. Mais heureusement pour toi, je ne suis pas un homme des cavernes, moi. »

Sourire triste de Jean-Pierre en regardant le fiscaliste faire le barbot dans sa robe de gonzesse.

« C'est sûr que là, tout de suite, tu ne ressembles pas vraiment à un homme des cavernes.

— Qu'est-ce que tu sous-entends ?

— Je sous-entends simplement que chasser le mammouth dans cette tenue, ça ne doit pas être simple... »

Il n'est peut-être même pas conscient de ce qu'il raconte, songe Paul... Si ça se trouve, c'est de l'ordre de la psychiatrie. Au fond, ce pauvre fou lui fait peine.

Paul, miséricordieux, se lève et vient s'asseoir près du malade. Il n'est pas loin de lui prendre la main, de la lui masser.

« Qu'est-ce qui te chagrine exactement dans ma tenue ? lui demande-t-il d'une voix doucereuse.

— Tu es en robe, Paul.

— Oui et alors ?

— Peux-tu me dire depuis quand tu mets des robes ?

— Depuis toujours.

— Faux.

— En tout cas, depuis que les hommes en portent.

— Tu racontes n'importe quoi.

— Je t'assure que non.

— Tu es sérieusement en train de me dire que tu portes des robes tous les jours ? »

Paul ressent une certaine affliction d'avoir à expliquer les évidences à cet imbécile. Pauvre Isabelle... Sa vie avec un handicapé de ce genre doit être un enfer.

« Je ne porte pas de robe tous les jours. Parfois je mets des pantalons. Ça dépend des occasions. Je porte des robes ou des pantalons, comme tout le monde.

— Non, pas comme tout le monde.

— Si, comme tout le monde. Isabelle, Solange, toi et moi, on est tous pareils. Parfois on porte un pantalon, parfois on porte une robe.

— Pas moi ! Je porte une robe, là ? » Paul secoue la tête négativement... « Voilà ! Je ne porte pas de robe, je n'ai jamais porté de robe et je ne porterai jamais de robe !

— Sauf que je t'ai déjà vu en robe...

— Non ! Non, tu ne m'as jamais vu en robe, puisque je n'ai jamais porté de robe de ma vie. Et puis merde ! Je sais encore ce que je fais, non ? »

L'idée d'aller immédiatement se coucher traverse l'esprit de Jean-Pierre. Se noyer dans le sommeil, comme certains se noient dans l'alcool pour tout oublier. Qui sait ? Peut-être qu'en se réveillant, il découvrira que tout cela n'a jamais existé ? Peut-être est-il déjà en train de dormir. Est-ce un rêve ? Non. Un cauchemar ? Peut-être.

Paul doit tout lui dire...

21 h 12

Il se lance.

« Écoute, Jean-Pierre, je suis désolé mais il faut que je te dise les choses telles qu'elles sont... Je t'ai déjà vu en robe, et plus d'une fois. Et je m'empresse de te dire que ça n'a rien d'anormal. Il faut que tu te détendes sur le sujet. Tu traverses une mauvaise passe, d'accord ? Tu as un contrôle fiscal sur le dos, très bien. Avec Isa, c'est compliqué en ce moment, soit. Mais arrête de mouliner sur le fait que je sois en robe et que tu ne le sois pas. Je ne te juge pas, Jean-Pierre. Tu entends ? Je ne te juge pas... C'est vrai que souvent, quand on reçoit des invités à dîner, on se fait beau, mais bon voilà, tu as décidé de faire autrement... Alors quoi ? Ça te gêne que je porte une robe ? Ça te rappelle que toi, tu n'as pas fait cet effort-là ? Tu ne te sens pas bien à cause de ça ? Mais c'est pas grave, Jean-Pierre, c'est pas grave... Ou alors tu es jaloux ? Tu m'envies, c'est ça ? Tu fais un complexe d'infériorité ?

Tu n'as pas à faire de complexe... Tu n'es pas dedans, tu n'es pas dedans, c'est tout, ce sont des choses qui arrivent... Alors oui, peut-être qu'à toi, ça arrive un peu plus souvent que la moyenne mais bon, voilà, on ne va pas en faire un drame. Tu sais, je suis fiscaliste, alors la tolérance, je connais. Ce que j'essaye de te dire, Jean-Pierre, c'est que bien que je porte une robe et que tu n'en portes pas, je ne t'en veux pas. »

Jean-Pierre a écouté patiemment le long monologue de Paul. Sans l'interrompre, ni trahir sa pensée, tenant un visage d'airain. Il laisse encore filer quelques secondes, ménage le suspense et son effet avant de lui rentrer dans le lard.

« C'est la quatrième dimension ! Vous voulez me rendre dingue, c'est ça ? C'est un complot ! Vous vous êtes tous ligués contre moi pour me faire croire que je n'ai plus toute ma tête, que je suis siphonné. C'est ça, hein ? Allez, dis-le, enculé, que c'est ça ?

— Tu plaisantes, j'espère ?

— Non, je ne plaisante pas !

— Évidemment que tu ne plaisantes pas... Ce n'est pas ton genre de toute façon.

— Comment ça, ce n'est pas mon genre ?

— Tu n'as jamais eu beaucoup d'humour.

— C'est un fiscaliste qui me dit ça ? De mieux en mieux ! »

Jean-Pierre se lève et va se poster devant la fenêtre dans une attitude presque boudeuse. Au cinquième étage de l'immeuble d'en face, il distingue une forme humaine plongée dans la pénombre.

« Qu'est-ce que tu as contre les fiscalistes ?

— Je m'en cogne, des fiscalistes. »

On dirait que la silhouette est assise sur un canapé ou un fauteuil. Elle ne bouge pas.

« Tu es bien content de les trouver, les fiscalistes, pour tes petits problèmes d'impôts...

— C'est ça...

— Et puisqu'on se dit tout, j'en profite... En quoi ça te dérange que je joue au squash ?

— Je m'en tape, de ton squash ! Tu joues au squash, au rami ou à la pelote basque, j'en ai rien à branler !

— On ne dirait pas... »

Jean-Pierre abandonne l'être (car il est presque sûr qu'il s'agit d'un humain) de l'immeuble d'en face pour se tourner à nouveau vers son adversaire.

« Tu sais quoi, Paul ? Merde ! Je ne vais pas débattre avec...

— Avec ?

— Avec un travelo ! Parce que, oui, t'es un travelo, un gros travelo ! Oui, un mec en robe, c'est un travelo ! »

Paul ouvre grand les yeux. Jean-Pierre lui parlerait chinois, ce serait pareil.

« Un quoi ?

— Un travelo ! Oh ! et puis ça va, hein, pas la peine de faire celui qui ne capte rien, j'ai déjà eu le couplet avec Isabelle... À mon tour de te poser une question. Tu peux me répondre en toute franchise. Je te jure que je ne te jugerai pas… T'es de la fanfare ? »

Paul n'a pas le temps de répondre, les femmes reviennent dans le salon. Solange a l'air d'aller mieux.

21 h 18

Isabelle et Solange, toujours collées l'une à l'autre, trottinent vers le canapé.

« Quand elles seront vieilles, pense Jean-Pierre, quand leurs visages se seront transformés en pommes fripées, elles trottineront encore sur leurs jambes fragiles, bras dessus bras dessous, elles iront en se soutenant dans les rues et sur les chemins. Puisque les hommes meurent plus jeunes qu'elles, les femmes se retrouvent entre elles. Elles le savent avant même que cela se produise. Alors elles prennent de l'avance, elles s'entraînent en s'agglutinant les unes aux autres.

Les hommes, eux, n'apparaissent en rangs serrés que sur les champs de bataille. Seule la guerre les unit. Et encore, c'est pour taper sur d'autres bonshommes. Les femmes ne se font pas la guerre, les hommes passent leur vie à ça. »

Jean-Pierre perçoit le regard attendri de Paul sur l'attelage féminin. Quelle mascarade ! Combien de fois a-t-il entendu Isabelle tenir des propos pour le moins désagréables sur celle qu'elle prend à l'instant par la taille... Et l'inverse est sans doute vrai. Paul a dû aussi écouter les critiques de Solange contre celle qui vient de la consoler. Il ne peut ignorer à quel point cette entente est une comédie. Et pourtant, il y collabore. De ses yeux mouillés d'émotion, il soutient ces deux hypocrites à talons... Ce type est un collabo.

« Ça va mieux ma chérie ? demande-t-il, ému, à Solange.

— Oui, oui... J'ai entendu le mot “fanfare”, vous parliez musique ?

— Tant mieux ! intervient Isabelle. La musique adoucit les mœurs... Et mon mari en a bien besoin.

— C'est toi qui me parles de mœurs, grommelle Jean-Pierre, quelle ironie... Me parler de mœurs en présence de...

— De ?

— De cette tata ! finit-il par lâcher en désignant le collabo en robe rouge, toujours en pâmoison devant les assaillantes.

— Pourquoi il dit que Paul est sa tante ? Ça n'a pas de sens...

— Oh ! tu sais, Solange, il n'y a plus grand-chose qui ait du sens chez ce pauvre Jean-Pierre, ajoute Isabelle, navrée.

— Le seul truc qui n'a pas de sens, c'est que Paul soit en robe.

— Tu préférerais que je sois nu ?

— Sans façon.

— Si ça peut te calmer, je peux me déshabiller... »

C'est qu'il le ferait, ce con ! Le voilà qui se lève et commence doucement à soulever sa robe, provoquant les rires des deux femmes. Le fiscaliste est parti pour s'effeuiller. Jean-Pierre préférerait être aveugle.

« Arrête ! gueule-t-il.

— Ne le tente pas, Paul, intervient Isabelle... Tout à l'heure, figurez-vous que mon gentil mari m'a soumis l'idée de partouzer avec vous. »

À sa façon de parler, sourire en coin, Jean-Pierre comprend qu'elle n'est plus seulement dans le mépris, elle veut lui mettre la honte, le diffamer, le crucifier.

« Partouzer ? s'interroge à haute voix Solange. C'est-à-dire ?

— Ce qu'Isa veut nous dire, la renseigne Paul, c'est que Jean-Pierre veut faire l'amour avec nous... Tu veux faire l'amour avec moi, Jean-Pierre ? »

C'est un complot doublé d'une farce. Jean-Pierre aurait pu s'en amuser à une époque. Ils auraient même probablement pu en rire tous ensemble. Mais maintenant, à les voir s'acharner sur lui, l'heure n'est plus à la rigolade. Il se prend la tête entre les mains. « C'est un cauchemar, je vais me réveiller... » Et l'autre greluche de Solange qui ne pige toujours rien, quelle conne !

« Partouzer, c'est faire l'amour en groupe, c'est ça ?

— Oui, l'informe sa complice, c'est un mot qu'on utilisait avant. Ça ne se dit plus mais manifestement, de cela non plus Jean-Pierre n'est pas au courant...

— Je ne suis pas contre l'idée de faire l'amour tous ensemble, mais on ne pourrait pas manger un morceau avant ? J'ai faim. »

L'ignoble bonhomie affichée de Paul donne, au contraire, des haut-le-cœur à Jean-Pierre.

« Tu me donnes envie de gerber... La perspective de faire... avec...

— Avec des fiscalistes, c'est ça ?

— Lâche-moi avec tes trucs de fiscalistes, Paul, tu veux bien ? De toute façon, vous avez gagné, j'abandonne... Les fiscalistes sont des gens formidables, bourrés d'humour, moi je suis un rustre d'un autre siècle totalement dépassé, les hommes portent tous des robes, et on ira cet été faire un stage de méditation à La Bourboule... Voilà. »

Ils veulent le rendre dingue. Cette fois, il en est sûr. La meilleure façon de lutter est de ne plus répondre à aucune de leurs provocations. Jean-Pierre se dit que tout doit glisser sur lui. C'est le seul moyen pour qu'ils n'aient plus aucune prise. Se forcer à ne plus rien sentir. Entrer en anesthésie comme on entre en religion. Et attendre que ça passe. Ça finira bien par passer...

21 h 21

Jean-Pierre est retourné à sa fenêtre. Pendant que les autres devisent de choses et d'autres dont ses oreilles ne perçoivent que la rumeur, il regarde dehors sans vraiment regarder. Il se souvient du monde d'avant.

La fumée de la cigarette de son père dans la 504 Peugeot. La cigarette, toujours, allumée entre deux plats dans les brasseries où les serveurs ressemblaient tous à Yves Montand et Jacques Villeret dans *Garçon !* de Sautet. Parfois, on n'avait pas fini de la fumer que le type déposait l'assiette chaude sur la table nappée de blanc. Alors on l'écrasait dans le cendrier, ce n'était pas grave, on avait plusieurs paquets d'avance dans les poches, ils ne coûtaient que cinq francs l'unité. Jean-Pierre a arrêté de fumer quand le paquet est passé à dix euros.

Les Action Joe et les Big Jim. Ces figurines, ces poupées pour garçon, en slip, qu'on habillait en chasseur de tigres, agent secret ou motard de la Gendarmerie nationale. Ces petits soldats en plastique qu'on peignait à la main, à l'aide de pinceaux si fins qu'ils ne duraient pas longtemps, dépourvus de poils en moins de deux. Et puis après, avec une bille et un copain, on faisait s'affronter des soldats british à la Waffen SS... Oui, les soldats nazis étaient en vente libre dans les magasins de jouets, il fallait bien apprendre l'histoire, et puis après tout, les Allemands étaient toujours les méchants et ils perdaient à la fin. Il y avait également les Playmobil, surtout les cow-boys et les Indiens. Les Yankees ne gagnaient pas souvent. Et les pirates s'en foutaient plein les fouilles.

Les sous-pulls en nylon qui grattent et qui, lorsqu'on les enlevait, faisaient se dresser les cheveux sur la tête. Le règne du polyamide. La noblesse d'une vie en plastique.

La première fois où son père a montré à Jean-Pierre le centre Pompidou... La fierté de Louis. Comme si c'était lui qui avait conçu et fabriqué ce Lego géant duquel sortaient des tubes colorés qui intriguaient le petit. Ce n'était pas l'œuvre de son père, mais c'était tout comme, c'était le produit de « son » époque.

La sirène du premier mercredi du mois. Le « Ne t'inquiète pas, Jean-Pierre, on n'est pas bombardés, ça vient du chantier. » C'était l'époque où les parents avaient eu dix ans pendant la Seconde. On disait comme ça, « la Seconde ». Pour se persuader qu'il n'y en aurait jamais de troisième. Les chantiers, donc, partout. Ils faisaient pousser les centres commerciaux comme des champignons. Les ouvriers qui sifflaient les passantes en riant depuis les échafaudages. Et le contremaître qui disait : « Excusez-les, madame ! »

La bouteille de vin sur la table, midi et soir. Presque toujours du bordeaux. « Tu auras le droit d'en boire quand tu auras trois poils au menton. » Les pères qui buvaient ça comme de l'eau. C'est peut-être pour ça qu'ils n'étaient jamais ivres. Parce que c'était comme de l'eau ?

La cloche qui sonne à seize-heure trente. L'heure des mamans qui venaient chercher les gosses à la sortie de l'école. Et puis les bonbons qu'on piquait chez l'épicier pendant qu'il racontait ses souvenirs de Constantine à une cliente en manque de margarine. On croyait que Constantine était une femme, on fut surpris, des années après, d'apprendre qu'il s'agissait d'une ville algérienne, et on comprenait rétrospectivement pourquoi les confessions mémorielles de monsieur Amirouche sentaient le mystère et la menthe.

Les oreilles décollées du petit voisin, Antoine, et ses dents de traviole. Ses pots de colle Cléopâtre avec la spatule orange dans son cartable Tann's. Les oreilles décollées par monsieur Michel, l'instit du CM2, une classe que le père appelait encore « la septième ».

Et le lycée... Toutes les jolies filles ressemblaient à Sophie Marceau dans *La Boum*, mais celles qu'on embrassait, elles, ressemblaient à Sandrine Kiberlain dans la vie. Les taches de rousseur... Pourquoi les filles n'ont-elles plus de taches de rousseur ? Elles ne prennent plus le soleil ? Elles ont peur des mélanomes ? Sont devenues dermatologues comme Isabelle ?

Les seins nus sur les plages de la Côte. Les méduses aux pieds. Les années méduses. *L'Année des méduses*. Les boutonneux rêvaient d'avoir Caroline Cellier comme belle-mère incestueuse. Ils s'étonnaient qu'une femme qui avait l'âge de leur maman soit si sexy et porte le même prénom que leurs copines de classe. Ils avaient raison d'être étonnés, ils apprendront plus tard que Caroline était un emprunt. En réalité, elle s'appelait Monique. Monique Cellier (1945-2020).

Ah ! Caroline... Ah ! Monique... Jean-Pierre se souvient du père d'Antoine qui se tapait sur les cuisses lorsqu'il écoutait son disque vinyle de Coluche, le sketch « Le Viol de Monique ». « Monique, deux qui la tiennent, trois qui la niquent. » Et la mère d'Antoine qui engueulait son mari : « Tu ne devrais pas faire écouter ça aux gosses, c'est d'une vulgarité ! », mais on écoutait quand même...

« On va peut-être passer à table alors ? »

C'est la voix de Paul qui vient interrompre le voyage de Jean-Pierre en nostalgie. Dommage, il n'était pas si mal là-bas. Il n'était pas si mal le front collé à la fenêtre...

La forme humaine dans l'immeuble d'en face n'est plus là. Égaré dans le passé, il ne l'a même pas vue bouger...

Eux, en revanche, Isabelle, Solange et son mari, sont restés là, toujours complices tous les trois. L'autre avec sa robe... Jean-Pierre n'arrive pas à s'y faire. C'est un furoncle sur le visage de la logique. Qu'est-ce qu'il fout dans cette tenue, nom de Dieu ? Et il se pavane en plus...

« J'ai faim, moi ! Toutes ces émotions m'ont creusé.

— Du coup, on ne fait plus l'amour en groupe ? questionne Solange avec un air que les deux autres semblent considérer comme naïf, mais que Jean-Pierre juge tout simplement stupide.

— Non Solange, rigole Isabelle, on ne va pas faire l'amour, on va plutôt dîner.

— Quel est le menu ?

— Cher Paul, par la faute de mon mari, j'ai fait brûler le rôti, alors ce sera des sushis. Ça vous va ?

— Tu vois, Sosso, je te l'avais dit, j'en étais sûr ! », gueule la grosse loche en robe.

Jean-Pierre assiste à la scène comme s'il y était extérieur. Il contemple son présent avec plus de distance que lorsqu'il se penchait sur son passé, il y a quelques secondes à peine.

« Vous n'aimez pas les sushis ?

— Mais si, ma chérie ! la rassure Solange. Tu connais Paul, il est taquin. »

Paul récupère sur la table la bouteille de condrieu et demande à Jean-Pierre si par hasard il a un tire-bouchon. Tiens ! Ils se souviennent qu'il est là soudain...

« Tiroir de la commode », grommelle-t-il.

Paul, en allant chercher le cadeau d'Élodie, le fameux tire-bouchon postmoderne, se dit que leur hôte est plus calme que tout à l'heure mais toujours aussi peu aimable.

Jean-Pierre espère que ce con va bien galérer avec ce tire-bouchon dernier cri... Mais ce n'est pas le cas. Avec une maîtrise même pas appliquée, l'abruti fait sauter le bouchon en un rien de temps, et lance au nostalgique du de-Gaulle un grand sourire narquois, comme s'il se doutait de ses mauvaises pensées.

21 h 39

Voir le fiscaliste en robe rouge de plus en plus à l'aise dans son appartement pourrait faire vomir Jean-Pierre. C'est vraiment le type qui a couché avec les Allemands et qui fait le beau dans le salon du juif qu'on envoie à Buchenwald. Jean-Pierre a la sensation de se faire voler, dépouiller. Comment Isabelle peut-elle permettre cela ? Faut-il qu'elle n'éprouve plus que du mépris pour lui... C'est peut-être même pire que du mépris, c'est de la haine, une volonté têtue de lui nuire, de l'éliminer, puisque, tout bien réfléchi, c'est elle qui est sûrement à l'initiative de cette conjuration. C'est elle qui a ouvert la voie il y a plus de trois heures en voulant lui faire enfiler une robe. Jean-Pierre l'observe : le téléphone dans une main, le menu japonais dans l'autre, allègre. C'est écœurant. Elle est en train de l'achever et elle s'apprête gaiement à passer une commande de bouffe...

« Vous êtes plutôt yakitori, maki, sushi, sashimi ou chirashi ? demande-t-elle.

— Chirashi... dans la colle ! » ajoute Paul, très fier de sa repartie qu'il accompagne d'un rire gras qui ne va décidément pas avec sa tenue.

« C'est drôle, ça... » murmure Jean-Pierre sur un ton sinistre, sans que les autres ne l'entende. Ou alors ils préfèrent l'ignorer. De quoi le pousser à retourner à son poste d'observation pendant qu'Isabelle prend date avec le livreur...

Ça bouge dans l'appartement d'en face. La forme humaine est revenue dans la pièce toujours plongée dans l'obscurité. Grâce à ses mouvements, Jean-Pierre peut distinguer qu'il s'agit d'une femme. Malgré la pénombre, il peut discerner des cheveux longs. En s'approchant de la fenêtre, la lumière de la rue éclaire le bas de son corps, laissant apparaître des chevilles fines et nues, puis un vêtement vaporeux, une sorte de jupe en tulle. Elle ouvre la fenêtre, allume semble-t-il un briquet, qu'elle approche de son visage, sans doute pour fumer une cigarette. La flamme découvre alors une superbe barbe rousse et des traits absolument masculins...

La femme en jupe de tulle est un homme.

Jean-Pierre a du mal à respirer. Le souffle est court. Il a chaud. Des gouttes de sueur perlent maintenant sur son front...

Le voisin d'en face est en jupe !

Pris d'un léger malaise, il doit se retenir au chambranle de la fenêtre pour ne pas tomber... « Il est dans le coup...

Ils l'ont mis dans le coup... Ils ont mis tout le quartier dans le coup... » Son souffle est de plus en plus court. Le barbu passe maintenant la tête dehors pour souffler la fumée de sa clope, il a remarqué Jean-Pierre derrière son carreau et lui offre un sourire urbain auquel il ne répond pas, il en serait bien incapable... « Il est forcément dans le coup... C'est pas possible... » La robe à fleurs que lui a offerte Isabelle, la robe rouge que porte Jean-Paul et la jupe en tulle du voisin d'en face tourbillonnent dans sa cervelle abîmée. Le vestiaire du diable ! « Il est forcément dans le coup... Parce que s'il n'est pas dans le coup, ça veut dire... » Jean-Pierre préfère ne pas aller au-delà de cette idée et se retourne, s'adossant à la vitre pour ne pas glisser. Il est blême.

« Ça va, JP ? » s'enquiert Paul.

La sonnerie du téléphone lui permet d'ajourner sa réponse. Isabelle décroche.

« Allô ? Oui, c'est moi... Oui, on a eu un petit problème de baignoire... Ça goûte chez vous ? Ah zut ! Je suis vraiment désolée... Oui, bien sûr, montez... Si en plus vous avez des connaissances en la matière, vous êtes le bienvenu ! C'est ça, à tout de suite. » Elle raccroche et jette un regard noir à son mari, ignorant superbement l'état de délabrement dans lequel il se trouve. « C'est malin ! À cause de tes simagrées, on a inondé le plafond du voisin...

— En quoi est-ce ma faute ? réussit à peine à prononcer Jean-Pierre.

— Si tu avais accepté d'enfiler cette robe, on n'en serait pas là ! »

22 h 00

Le livreur de sushis aura été plus rapide que le voisin. Isabelle, Paul et Solange, assis autour de la table basse, manipulent leurs baguettes, tout en devisant de la pluie et du beau temps. Parfois, l'un d'entre eux jette un œil inquiet sur Jean-Pierre, en retrait. Difficile de savoir si c'est pour se rassurer quant à son état de santé ou si, au contraire, parce qu'ils redoutent qu'il aille mieux et finisse par se joindre à eux... On sonne à la porte.

« Ce doit être le voisin », dit Isabelle.

Jean-Pierre a compris le message, c'est à lui de se lever pour aller ouvrir, les agapes nippones auxquelles il ne participe pas ne pouvant manifestement être interrompues.

Derrière la porte se trouve un homme noir, grand, plus d'un mètre quatre-vingt-dix, athlétique, aux muscles saillants, sous un élégant pull à col roulé crème. Mais surtout, oui surtout, il porte un pantalon !

Il porte un pantalon !

« Bonjour, je suis...

— Le voisin, oui, je sais, l'interrompt Jean-Pierre qui est ragaillardi par la vue de cet homme, et surtout de son pantalon.

— Vous pouvez me montrer votre salle de bains ? »

Bien que Jean-Pierre opine du chef, rien ne se passe, à la grande surprise du nouveau venu. Ils restent tous les deux statiques, le premier abîmé dans la contemplation du pantalon porté par le second, qui ne se voit pas marcher sur Jean-Pierre pour aller à l'origine du dégât des eaux. Les deux se sourient, mais pas pour les mêmes raisons.

« J'aime beaucoup votre pantalon...

— Merci beaucoup... Vous me montrez là où a eu lieu la fuite ?

— C'est un très beau pantalon...

— C'est gentil... Je crois que c'est dans votre salle de bains, c'est ça ?

— Vous le mettez souvent ?

— Quoi donc ?

— Votre pantalon, vous le mettez souvent ?

— Euh... Oui... assez souvent...

— Je comprends... Quand on a un si beau pantalon, on le met dès qu'on peut... Vous en avez d'autres ?

— D'autres quoi ?

— D'autres pantalons ?

— Oui, quelques-uns... »

Jean-Pierre revit. Au point qu'il ne discerne pas l'incompréhension, ni même l'embarras sur le visage de son voisin. C'est une résurrection. Cet homme est un miracle, un signe envoyé par Dieu, la preuve qu'il n'est pas fou.

« Vous en mettez souvent, des pantalons ?

— Oui... Disons, régulièrement.

— C'est ça, très très régulièrement, j'imagine... De si jolis pantalons, on les porte dès qu'on peut... Un rendez-vous professionnel, un dîner en amoureux, un repas de famille, une course à faire, des travaux... hop ! on enfile son pantalon !

— À propos de travaux, ça ne vous ennuierait pas de me montrer votre salle de bains ? Ça goûte chez moi par le plafond, il faudrait arrêter ça tout de suite.

— Oui, bien sûr... lui dit-il en le laissant enfin entrer dans l'appartement. Mais d'abord, vous allez boire un verre avec nous, on reçoit des amis...

— C'est-à-dire que la fuite est importante... »

Jean-Pierre lui tapote l'épaule.

« Allons, allons ! Pas de discussion... Venez avec moi ! Il faut absolument que ma femme et mes amis vous voient. »

Il le conduit dans le salon où Isabelle, Paul et Solange terminent leurs mets japonais, espérant une réaction du monsieur quand il découvrira la présence d'un travelo... Mais non. Jean-Pierre a surveillé de près les traits de son visage, mais ceux-ci ne trahissent aucune surprise à la vue de Paul. Tant pis, il faut se concentrer sur le pantalon.

« Isabelle, je te présente monsieur... Monsieur ?

— Borg, complète le voisin. Björn Borg. »

Les trois le saluent en lui offrant le sourire de bienvenue le plus large possible.

« Vous avez dit que vous vous appeliez comment ? demande Jean-Pierre, de nouveau circonspect.

— Björn Borg.

— Vous vous appelez vraiment Björn Borg ?

— Oui, rigole le voisin. Björn, c'est mon prénom et Borg, c'est mon nom.

— Björn Borg, ça me dit quelque chose... réagit Paul tout en se grattant la tête. J'ai déjà entendu ce nom quelque part... Vous êtes fiscaliste ?

— Évidemment que tu as déjà entendu ce nom quelque part ! s'écrie Jean-Pierre en tentant de garder ses nerfs. Björn Borg, c'est un joueur de tennis !

— Vous êtes tennisman ? demande innocemment Solange.

— Non, je ne suis pas tennisman, sourit le voisin.

— Réfléchis deux secondes, Solange ! fulmine Jean-Pierre, qui se dit en son for intérieur que la bêtise de cette femme est insondable. Évidemment que monsieur n'est pas tennisman ! Il plaisantait... C'était une plaisanterie ! Il a dit Björn Borg comme il aurait pu dire Rafael Nadal ou Roger Federer !

— Pourquoi ? Eux aussi sont fiscalistes ? interroge Paul.

— Vous êtes complètement cons, tous les deux ! hurle Jean-Pierre, ce qui fait froncer les sourcils du voisin.

— Ah, je t'en prie, ne recommence pas ! intervient Isabelle.

— Ce n'est pas grave, tempère le voisin... Mais non, monsieur, je ne plaisantais pas, je m'appelle réellement Björn Borg. »

Jean-Pierre sent à nouveau la terre se dérober sous ses pieds. L'impression d'être comme le mort de soif dans le désert qui aperçoit une oasis avant de se rendre compte qu'il s'agissait d'un mirage.

« Enfin voyons... Ce n'est pas... Ce n'est pas possible... Vous ne pouvez pas vous appeler Björn Borg...

— Ça suffit maintenant, Jean-Pierre ! le houspille Isabelle. Monsieur sait encore comment il s'appelle tout de même !

— Avoue quand même que Björn Borg, c'est pas courant, se défend-il.

— Vous savez, explique le voisin, le nom de famille Borg est assez commun en Suède. Quant à Björn, je ne vous en parle même pas.

— En Suède, admettons, mais ici...

— Je suis Suédois. »

Jean-Pierre, décidément en perte de repères, ouvre de grands yeux.

« Vous êtes Suédois ?

— Je suis né à Västervik, une petite ville du sud de la Suède, commune de naissance d'ailleurs de Stefan Edberg. »

Paul fait un bond sur son siège.

« Ah ! lui, je suis sûr, c'est un fiscaliste ! »

Jean-Pierre, atterré, secoue la tête.

« Mais non ! Edberg, c'est aussi un champion de tennis.

— Ils sont tous joueurs de tennis en Suède ? plaisante à demi-mots Solange.

— Évidemment ! se laisse aller Jean-Pierre, repris dans la spirale infernale. Qu'est-ce que tu veux faire en Suède à part jouer au tennis ? Tout le monde joue au tennis en Suède. Ils naissent avec une raquette dans les mains, ces gens-là. Il n'y a que ça à faire en Suède : jouer au tennis... et pêcher des harengs. Sauf qu'Edberg, il n'a pas gagné le championnat du monde de pêche au hareng, il a gagné Roland-Garros.

— Wimbledon, intervient Isabelle.

— Pardon ?

— Edberg n'a pas gagné Roland-Garros, il a gagné Wimbledon. »

Jean-Pierre ne se souvient pas avoir jamais vu sa femme s'intéresser à ce sport. Au contraire, quand il comatait devant les Internationaux de France ou l'Open d'Australie sur Eurosport, elle venait régulièrement lui demander ce qu'il faisait encore devant « ce machin ». Il se rappelle même l'avoir entendue s'étonner du plaisir qu'on pouvait prendre à regarder des types taper dans une balle pendant des heures.

« Depuis quand tu t'intéresses au tennis, toi ?

— J'ai toujours aimé regarder ces grands garçons en short... », lui répond-elle avec une mimique gourmande.

« Elle me fait encore marcher, se dit Jean-Pierre qui n'est plus à ça près. Et ce voisin, il ne se foutrait pas un peu de ma gueule, lui aussi, par hasard ? »

« Vous êtes vraiment Suédois ?

— Oui, pourquoi ?

— Ben, parce que... À cause de... Disons qu'il n'y en a pas beaucoup des comme vous là-bas, non ? »

Isabelle, Paul et Solange, mortifiés, regardent leurs chaussures. Ils ont très bien compris à quoi pense Jean-Pierre dans son cerveau malade. Sa femme prie pour qu'il ne lâche pas le mot « noir ».

— « “Des comme moi”, c'est-à-dire ?

— Ben, des... des... des bruns, quoi...

— Vous savez, contrairement à ce que prétend la légende, les Suédois ne sont pas tous blonds », sourit le voisin.

Isabelle lui est reconnaissante, à ce monsieur Borg. Il aurait pu très mal le prendre. Il a eu l'élégance de faire comme si de rien n'était. Cet homme semble aussi beau à l'intérieur qu'il l'est à l'extérieur.

« Vous avez raison, avance-t-elle comme pour le remercier, Mikael Pernfors par exemple n'était pas blond, il était brun. »

Jean-Pierre n'en revient pas.

« Tu connais aussi Pernfors ? Putain ! Je découvre que je suis marié à Lionel Chamoulaud depuis vingt ans, moi...

— Il y a beaucoup de choses que tu sembles découvrir ce soir, Jean-Pierre... dit Isabelle sur un ton grave. Ne faites pas attention, monsieur Borg...

— Appelez-moi Björn.

— Alors ne faites pas attention à mon mari, Björn, et venez plutôt vous asseoir, dit-elle en tapotant la place vide sur le canapé, tout près d'elle.

— C'est-à-dire qu'il faudrait que j'accède à votre salle de bains, histoire de voir l'étendue des dégâts... »

Jean-Pierre qui se rappelle soudain la raison de l'invitation du Suédois dans son salon, c'est-à-dire son port du pantalon, saute sur l'occasion.

« On n'a pas fini ! C'est vrai, quoi, on ne se connaît même pas entre voisins ! Parfois on passe des années sans jamais s'adresser la parole, c'est dommage. Vous vous rendez compte, je ne savais même pas que Björn Borg habitait en dessous de chez moi... Vous allez bien boire un verre avec nous ? »

Björn les observe tous les quatre, semble jauger la situation, et finit par accepter. Il s'installe à la place indiquée par Isabelle. Paul lui tend un verre et y verse du vin.

« C'est un condrieu nature... Vous allez voir, c'est du velours. »

Le voisin le remercie en l'arrêtant à mi-verre avec sa main gauche. « Quelles belles mains il a, ce garçon », pense Isabelle. De grandes mains qui semblent aussi fortes que douces. Sur le dessus, les veines sont saillantes sous la peau satinée. Les articulations bien que fines sont très certainement puissantes. Et au bout des doigts élancés, les ongles sont parfaitement manucurés.

22 h 11

Jean-Pierre, toujours debout, est impatient. Il n'est peut-être pas trop tard pour se sortir de ce bourbier...

« Vous n'avez pas remarqué un truc ? » lance-t-il à la cantonade.

Personne ne semble l'avoir entendu et la conversation se poursuit comme si de rien n'était.

« C'est vrai qu'il est bon, ce vin, déclare Björn après avoir avalé une gorgée.

— À cent euros la bouteille, il peut ! »

Jean-Pierre se doit de retenter sa chance...

« Vous ne remarquez rien ? » dit-il, sur un ton plus soutenu.

Toujours aucune réaction de part ou d'autre. Ils sont là, à parler vin, tranquillement.

« Avouez que vous n'avez pas de vin aussi bon en Suède, dit Paul, pris d'une soudaine fierté nationale.

— J'avoue », répond le Scandinave noir, en plongeant

son nez parfait dans le verre afin d'en humer les senteurs et ainsi montrer à quel point il apprécie le nectar.

Bon, cette fois, Jean-Pierre est décidé à hurler. Ils ne peuvent l'ignorer plus longtemps !

« En Suède, ils n'ont peut-être pas de bons vins mais ils portent des pantalons ! »

Notre héros aurait espéré au moins un mouvement de tête, un regard, une émotion quelconque mais rien, rien du tout ! Il était transparent, le voilà maintenant inaudible. Plus d'image, plus de son. Misérable condition d'un homme qui ne compte plus.

« Et vous faites quoi dans la vie, cher Björn, si vous n'êtes pas joueur de tennis ? » lui demande Isabelle d'une voix suave.

Avant que le Suédois ait pu répondre, Jean-Pierre hurle son désespoir...

« On ne sait pas ce qu'il fait, ce qui compte, c'est qu'il porte un pantalon... UN PAN-TA-LON ! »

Isabelle se tourne vers son mari, furieuse.

« Serait-il possible d'écouter monsieur Borg, Jean-Pierre ?!

— Je suis développeur de *for good.* »

Comme s'il avait oublié ses pantalonnades et oublié aussi qu'on le priait de fermer sa gueule, Jean-Pierre se fait une tête de musaraigne.

« Développeur de quoi ?

— Enfin, Jean-Pierre, laisse-le parler, flûte à la fin !

— Je suis dans le *branding*, j'investis les alternatives pour les marques.

— J'en ai entendu parler, intervient Solange. Ce doit être passionnant...

— Ce qui est passionnant, c'est qu'on propose du bonheur, du positif, en déployant toute notre énergie créative.

— C'est formidable ! dit Solange en battant des mains.

— Je suis d'accord avec ma femme, c'est génial ! » ajoute Paul.

Jean-Pierre se sent seul. De plus en plus seul. Il ne pense même plus au pantalon du voisin. Ni à la robe du fiscaliste. Il ne pense plus à rien d'autre que d'essayer de comprendre ce que fabrique ce Suédois noir qui porte le nom du sextuple vainqueur de Roland-Garros.

« Vous faites quoi, exactement ? »

Regard sévère d'Isabelle. Pourquoi vient-il encore troubler les choses ?

« Monsieur fait du saut créatif, explique Paul, très sûr de lui.

— C'est ça, je suis un *business punk*.

— Un quoi ?

— Un *business punk*, on te dit ! » aboie Isabelle.

Jean-Pierre en a marre. Il aurait dû se coucher. Et attendre... Le réveil ou la mort, qu'importe. Ils veulent sa peau, ils vont l'avoir. Qu'on lui permette au moins de sortir par la grande porte, celle de l'ironie acide.

« Vous faites la manche avec un chien dégueulasse à la sortie de l'église ? » Les quatre le regardent comme s'il venait de la planète Mars. « Ne me regardez pas comme ça ! Monsieur dit qu'il est punk. Moi, les seuls punks que je connais, ils ont des chiens, ils font la manche et ils boivent de la 8.6...

— Ne faites pas attention, cher Björn, continuez...

— En fait, j'ai un profil hybride. Je cultive ma singularité au service du collectif. "*We are all in this together*", c'est le mantra de ma boîte.

— J'adore cette idée d'entreprise libérante, acquiesce Solange.

— C'est vrai que c'est très inspirant, ajoute son mari.

— C'est surtout très con, marmonne Jean-Pierre, sans que personne ne relève son propos...

— Vous avez toujours été *business punk* ? demande Solange au Suédois qui semble heureux de partager son expérience avec cet auditoire acquis à sa cause.

— Non, avant, j'étais *brain drummer*... Et puis encore avant, j'ai fait des études de philosophie et sociologie à l'université de Stockholm qui m'ont amené à rédiger une thèse.

— Dont le sujet était ?

— Le "je" patriarcal comme fondement philosophique de la blanchité face au déconstructivisme intersectionnel, que j'ai sous-titré plus sobrement : "Descartes et les lesbiennes racisées".

— C'est formidable ! applaudit Solange.

— J'ai rien compris, marmonne Jean-Pierre.

— Je vous explique, insiste le Suédois. En tant que cisgenre racisé, je suis intersectionnel, mais mon genre fait de moi, malgré mon colorisme, un privilégié face aux homosexuelles genrées et encore plus face aux non-binaires et trans afrodescendants.

— Hein ?

— C'est là où on voit l'ouverture d'esprit des Scandinaves, commente Paul, conquis et faisant fi de l'incompréhension de Jean-Pierre.

— Vous savez, c'est grâce à la *French Theory* que nous avons aujourd'hui cette ouverture d'esprit, comme vous dites. Moi, le Suédois, je ne serais pas grand-chose sans vos illustres Derrida et Deleuze. Et je ne parle même pas de Bourdieu, admirable !

— Et Voltaire, il pue du cul ? »

Jean-Pierre ne sait même pas pourquoi cette phrase est sortie de sa bouche. Il ne l'avait ni méditée, ni prévue. Il est comme un pilote automatique parfaitement déréglé. C'est sans doute son subconscient qui a parlé. Le verbiage pédant de ce Viking aux traits africains le gonfle au plus haut point.

Effondrée par la remarque de son mari, Isabelle s'apprête à nouveau à le rabrouer mais Björn prend les devants, très calmement.

« Cher voisin, j'avoue ne pas nourrir de passion pour les esclavagistes...

— Voltaire, esclavagiste ? s'étonne Jean-Pierre qui voit les trois autres approuver la sentence de Borg... Et sinon, vous faites quoi dans la vie, je veux dire en vrai ?

— Je crois, Jean-Pierre, que monsieur vient de nous le dire...

— Ce que je veux savoir, c'est ce qu'il fait, en langage clair ! »

Björn regarde sa montre.

« Pardonnez-moi d'insister mais il faudrait vraiment que j'aille voir la fuite.

— C'est nous qui nous excusons, le rassure Isabelle. Il faut dire que vos activités sont tellement fascinantes... »

Déployant un large sourire, le Suédois découvre alors des dents parfaitement blanches et parfaitement rangées.

Tandis qu'il se lève, Jean-Pierre poursuit, il ne peut plus s'arrêter...

« N'empêche que moi, j'ai toujours pas compris ce qu'il faisait... En plus, il n'a même pas les dents d'un punk... Ben quoi ? Les punks, ils ont une hygiène bucco-dentaire déplorable à cause du crack... Vous ne fumez pas de crack, monsieur Borg ?

— Ne répondez rien, mon mari est en plein délire, indique Isabelle à l'inondé en l'invitant à la suivre. Venez, je vous montre la salle de bains...

— Je vous remercie... »

Isabelle s'engouffre dans le couloir, précédant le voisin qui, avant de disparaître, se tourne vers Jean-Pierre et lui lance un clin d'œil amusé qui balance entre la provocation joyeuse et le foutage de gueule... Jean-Pierre serre les poings. Et dire qu'il a vu en lui sa planche de salut... Une planche pourrie, oui !

22 h 18

Jean-Pierre éprouve ce qu'ont sans doute dû ressentir les soldats de la Grande Guerre, croyant que l'affaire serait réglée en quelques jours et qui, des mois plus tard, se retrouvaient usés jusqu'à la corde, embourbés dans leurs tranchées, ne sachant même plus pourquoi ils se battaient.

La bouteille de condrieu est vide, Paul l'a siphonnée après avoir servi Björn Borg. Le côte-de-beaune est vide lui aussi. Il se déplace douloureusement vers une commode qui fait office de minibar et en sort une bouteille de whisky. Il ne reste souvent plus que ça à l'homme fourbu, l'alcool fort. Sans même demander à Solange et à son mari s'ils en veulent, il se sert une grande rasade dans un verre épais prévu à cet effet. Les deux le regardent faire sans moufter. Jean-Pierre, bien qu'occupé à verser son single malt, devine leur regard navré.

« Ce Suédois est un con..., dit-il tout bas.

— Moi, je le trouve très sympa, embraye Solange. Il est disruptif et puis surtout, il parle bien de son métier...

— Vous n'allez tout de même pas me dire que vous avez compris un traître mot de ce qu'il a raconté ?

— C'était pourtant très clair, assène Solange sur un ton péremptoire.

— Très clair ? Parfait... Tu peux donc m'expliquer ce qu'il fait comme métier ? Il est quoi ? Commercial, journaliste, médecin, chauffagiste ?

— Puisqu'on te dit qu'il est *business punk* ! se fâche Paul.

— Je ne t'ai pas posé la question à toi, avec ta robe... Pardon mais j'ai du mal à donner du crédit à un mec déguisé en bonne femme... »

Jean-Pierre se souvient trop tard de l'effet provoqué par le terme « bonne femme » sur Isabelle, et, à la mine réprobatrice du couple d'amis, se dit qu'ils ne sont heureusement pas armés de serpillières, sinon il en aurait sans doute pris deux dans la figure. Peut-être seraient-ils capables de lui envoyer un verre, une bouteille, ou tout autre objet, pour lui faire mal, pour l'assommer. Ces deux-là le détestent, il en est convaincu. Ça transpire par tous leurs pores.

« Pourquoi il y a tant de haine en toi, ce soir, Jean-Pierre ? lui demande pourtant Solange.

— Laisse tomber, Sosso... Jean-Pierre est vexé et puis c'est tout.

— Vexé par quoi, je peux savoir ?

— T'es largué, Jean-Pierre... Excuse-moi de te le dire comme ça, brutalement, mais t'es largué.

— Comment ça “je suis largué” ?

— Tu n’as rien compris à ce que vient de te dire Björn, n’est-ce pas ?

— Je te le confirme ! lance Jean-Pierre après avoir vidé son whisky et avant de se servir à nouveau.

— Ben voilà, t’es largué...

— Personne ne peut entraver un broc de ce que raconte ce con de Suédois ! C’est pas du *branding*, son truc, c’est du branling ! De l’énorme branling ! Ce mec se tire sur la nouille en public, et vous, vous vous extasiez comme des demeurés !

— Nous insulter ne changera rien à l’affaire, réplique Solange, pincée. Tu es largué, tu es largué.

— Les choses ont changé, Jean-Pierre... C’est étrange, je me demande comment tu as pu tenir aussi longtemps dans ta boîte, à ton poste, en étant à ce point déconnecté... On a l’impression que tu débarques en droite ligne des années soixante. Comment tu as pu tenir comme ça, plus généralement, dans ta vie ? Mon vieux, je suis au regret de te dire que le train est passé. Et j’ai l’impression que tu n’es pas monté dedans. Ou pire, que tu as sauté en marche. Sauf que le train ne s’arrête pas. Il ne va pas t’attendre.

— Isabelle non plus d’ailleurs, ajoute Solange en rougissant.

— Comment ça “Isabelle non plus” ?

— Solange, ce n’est peut-être pas le moment, la rudoie Paul.

— Pas le moment de quoi ? »

La question reste sans réponse. Paul et Solange se taisent et regardent ailleurs. Jean-Pierre boit son deuxième whisky d'une traite et brise le silence. Il n'en peut plus...

« Vous allez parler, oui ? »

Solange se lève.

« On devrait peut-être y aller...

— Non ! Vous restez là ! leur ordonne Jean-Pierre, sans succès puisque Paul se lève à son tour.

— Tu n'es pas en état, Jean-Pierre...

— Il a raison, argumente Solange avec un air compassé. Tu tiens des propos incohérents sur la robe de Paul et sur les hommes en général... Tu t'énerves pour un rien... Tu tombes des nues quand Björn t'explique gentiment son métier... Tu fais déborder ta baignoire... Il faut se rendre à l'évidence, tu as lâché la rampe, Jean-Pierre.

— C'est pas moi, la baignoire, c'est pas moi ! se met-il à hurler comme un gamin à qui l'on reproche une faute qu'il n'a pas commise. C'est Isabelle, figure-toi, qui a fait déborder la baignoire !

— Ce n'est pas ta faute évidemment, le raille Solange. Rien n'est jamais ta faute...

— Tu te rends compte quand même que nous sommes tous sur la même longueur d'onde, sauf toi ? appuie Paul.

— Oui, ça, je me rends très bien compte que vous êtes tous de mèche ! »

Jean-Pierre a l'impression de se dédoubler. Il s'entend parler. Il entend la tonalité de sa voix qui a changé. Celle d'un enfant pris dans les filets de l'injustice. Cet autre ego lui échappe. Il n'en a plus la maîtrise.

Solange se rapproche de Paul et lui parle à l'oreille, ce qui n'empêche pas Jean-Pierre de distinguer chacune de ses paroles, ainsi que les réponses murmurées par l'autre con qui profite de sa station debout pour rajuster sa robe.

« Tu crois que ce sont des troubles de la paranoïa ?

— Je ne sais pas, je ne suis pas médecin... Mais c'est sûr qu'il y a une névrose quelque part...

— Ce qui est fou, c'est d'être persuadé d'avoir raison tout seul contre tout le monde.

— C'est fou, comme tu dis... Et ce qui l'est encore plus, c'est de nier l'évidence. Au début, je pensais qu'il le faisait exprès, tu le connais... Mais en fait, non, il pense vraiment ce qu'il dit. C'est effrayant... »

Jean-Pierre tente de rappeler l'autre « lui » pour conjuguer leurs forces. Il aimerait se réintégrer à lui-même. C'est pourtant encore la demi-portion qui cause, avec sa voix de fausset.

« Ça ne vous dérange pas de parler de moi comme si je n'étais pas là ? »

Intervention nulle et non avenue. Paul et Solange poursuivent leur conciliabule.

« Tu crois qu'il pense vraiment que les hommes d'aujourd'hui ne portent pas de robe ? interroge Solange.

— Il faut croire, oui... » lui répond son mari passant ses mains sur sa taille, comme pour vérifier que le vêtement lui sied.

Cette fois, Jean-Pierre saute sur place et agite les bras.

« Oh ! Je suis là ! C'est moi ! Ouh, ouh ! Par ici !

— En tout cas, elle est très jolie, ta robe, mon chéri, félicite Solange. Elle te va très bien. Je suis fière de toi...

— Merci mon amour, dit-il en rosissant de gratitude.

— Et votre Björn, là, il porte une robe peut-être ? »

Paul et Solange ouvrent enfin les yeux sur la présence de Jean-Pierre. Ah ! oui, c'est vrai, il est ici, celui-là.

« Pardon ?

— Björn, votre formidable Björn, ce Suédois tellement sympa, tellement moderne, il ne porte pas de robe, on est d'accord ?

— Oui, on est d'accord.

— Eh ben, voilà ! Il ne porte pas de robe ! »

Paul et Solange se regardent, interloqués...

« Et alors ? demande Solange. Qu'est-ce que ça peut faire ? »

Jean-Pierre, à bout de forces, baisse la tête. Il préfère ne rien dire. Un mince filet de vie coule encore dans ses veines. Il vaut mieux l'économiser. Solange considère ce retrait comme un encouragement. Elle peut encore le sauver.

« Bon, écoute, il est tard, reprend-elle, mais je m'en voudrais de te laisser comme ça, ne serait-ce que par amitié pour Isa... Alors assieds-toi, je vais te dire ce qui ne va pas. »

Jean-Pierre, mine de papier mâché, obéit.

22 h 45

Solange commence à s'impatienter. Sa jambe droite, croisée sur la gauche, s'agite nerveusement. Plusieurs fois, elle a levé les yeux au ciel. C'est pourtant elle, en bonne camarade pleine d'empathie, qui a pris la décision d'expliquer calmement à Jean-Pierre ce qui n'allait pas, ce qui n'allait plus, chez lui. Depuis bientôt une demi-heure, elle a usé de méthode, de psychologie, de douceur et de diplomatie, mais rien n'y a fait. Chacun de ses mots était une petite aiguille qu'elle plantait, pratiquant une forme d'acupuncture verbale. Il subissait en silence, la tête dans les épaules. Mais à peine finissait-elle une phrase, à peine pensait-elle avoir le dessus, qu'il remontait sur ses grands chevaux.

Au bout de vingt minutes, Paul a pris le relais de sa femme, épuisée. Il y alla plus directement, plus fort, sans prendre de gants. Ce fut pire. Comme si chaque coup qu'il lui portait à l'estomac, bien que le laissant le souffle court, nourrissait sa hargne de vivre, le conduisait à se rebeller contre les évidences. Jean-Pierre, malgré cet exposé précis et complet, bougeait encore. Ils ne pouvaient que le constater. Et le déplorer. Il était coriace, le salaud !

« Non mais c'est dingue ! beugle-t-il à présent, avec l'incohérence qui habite les dégénérés. Je ne vais quand même pas… Tout ça pour me conformer à… C'est hallucinant ! Me mettre en… Pour Isabelle qui a perdu la tête ! Parce qu'elle a perdu la tête, hein ! Elle a perdu la tête ! C'est n'importe quoi… Et vous aussi, vous avez perdu la tête, vous aussi ! Il faudrait que je… Juste pour… Non mais n'importe quoi… N'importe quoi ! C'est dingue… Complètement dingue ! »

« C'est toi qui es dingue, mon pauvre Jean-Pierre », pensent Paul et Solange en le voyant tournoyer dans le salon, se prendre les pieds dans le tapis, au sens propre comme au figuré (il a failli tomber tout à l'heure).

Solange se dit qu'il faudrait peut-être l'abattre comme les vieux pur-sang devenus incontrôlables sur les champs de courses. Paul, finalement plus magnanime que sa femme, opterait plutôt pour le fusil hypodermique. On l'endormirait avec une forte dose et on verrait plus tard ce que l'on en ferait. Il se souvient d'un vieux philosophe célèbre que sa famille, poussée par les réseaux sociaux et les médias, avait placé à l'asile, tant il tenait des propos incohérents sur tout, les femmes, la nation, les menus halal et les repas végétariens dans les cantines scolaires, les éoliennes, l'écriture inclusive, la gestation pour autrui, le harcèlement sexuel... On n'eut plus de nouvelles de lui.

À l'instant où Paul imagine Jean-Pierre avec un entonnoir sur la tête (il s'en veut mais ça le fait rire intérieurement), Isabelle les rejoint dans le salon. Légèrement décoiffée, le visage brouillé, elle affiche néanmoins un sourire béat, et ne semble pas remarquer l'embrasement maladif de son mari.

« Je suis fourbue ! C'est un carnage, cette salle de bains... Vous savez que le problème ne vient pas seulement de la baignoire qui a débordé, c'est plus ancien, plus profond. Après avoir tout épongé, il a fallu farfouiller dans la tuyauterie... Tout est pourri ! C'est bien simple, notre plomberie, c'est le Moyen Âge...

— Il n'y a pas que la plomberie ici qui date du Moyen Âge, dit Paul en rappelant du regard à Isabelle qu'elle a encore un mari.

— Heureusement que Björn était là... Ce garçon est merveilleux ! Il sait tout faire... »

C'est sur ces mots que, comme dans une mise en scène parfaitement chorégraphiée, le Suédois entre à son tour dans le salon... Il est en slip.

Björn est en slip !

Seul Jean-Pierre témoigne d'une vive émotion à la vue de ce corps d'athlète intégralement nu qui n'est pudiquement recouvert que d'un bout de tissu moulant blanc en élasthanne.

« Qu'est-ce que c'est que ça ? » a-t-il à peine la force de prononcer.

Isabelle se tourne vers son sauveur dans l'attitude des jeunes femmes de la Belle Époque.

« Ah ! Björn... Venez vous reposer un peu. Vous l'avez bien mérité...

— C'est quoi, ce bordel ? »

Faisant abstraction du commentaire du mari, le Suédois répond positivement à l'invitation de sa femme en s'installant sur le gros fauteuil confortable laissé vacant par Jean-Pierre. Ayant repéré la bouteille de whisky plus qu'entamée par le maître de maison (qui l'est si peu en cet instant), il fait signe à Isabelle qui comprend tout de suite qu'il lui manque un verre. Elle le lui apporte et il se sert en bourbon.

« J'étais justement en train de dire à nos amis, à quel point notre installation sanitaire était vétuste, minaude Isabelle.

— C'est le moins qu'on puisse dire... »

Elle se place derrière lui et commence à lui masser les épaules, sous le regard attendri des deux fiscalistes.

« Qu'est-ce que tu fous, Isabelle ?

— C'est pas faute de t'avoir prévenu, Jean-Pierre... lui glisse Solange à mi-voix.

— Enfin Isabelle ! se met-il à hurler.

— Je te l'avais dit, JP... avance Paul. Le train ne s'arrête pas pour t'attendre... »

Les doigts fins d'Isabelle, alternativement, s'enfoncent dans la peau du voisin et pianotent trapèze et deltoïde.

« Je ne savais pas que les Suédois étaient si doués en plomberie...

— Et moi, je ne savais pas que les Françaises étaient si fortes en massages, lui répond Björn Borg en souriant. Il est bon ce whisky... »

Jean-Pierre n'a même plus la force de crier.

« Non mais tranquille, quoi ! Il boit mon whisky en slip dans mon salon...

— C'est très gentil à vous de m'accueillir, dit le Suédois à Jean-Pierre en accompagnant son propos par un nouveau clin d'œil.

— Et il se fait masser par ma femme, l'enfoiré...

— Dis donc Jean-Pierre, le rembarre Isabelle, si Björn n'était pas là, ce serait un tsunami dans l'appartement, alors baisse d'un ton. D'autant que tu n'as jamais été capable de poser un joint.

— Il est urgent de les changer d'ailleurs, ces joints ! ajoute l'homme noir en slip blanc. C'est qu'ils ne datent pas d'hier... »

D'un mouvement de menton, Paul désigne Jean-Pierre au voisin.

« S'il n'y avait qu'eux qui ne dataient pas d'hier dans cette maison...

— Toi, t'arrête avec tes insinuations ! Quand on porte une robe, on ferme sa gueule ! »

Paul se lève d'un coup et pointe un doigt accusateur vers lui.

« Vous avez entendu ? Il est misogyne ! En plus de tout, il est misogyne !

— Tu me dégoûtes, Jean-Pierre... lâche Isabelle.

— Tu entends ? Tu nous débectes ! appuie Solange.

— Un truc comme ça, en Suède, c'est la prison, direct ! confirme le voisin.

— Oui ben, ici, on n'est pas en Suède, ducon ! réplique Jean-Pierre.

— Mais enfin, c'est pas possible ! s'offusque Solange en se prenant la tête entre les mains. Parler comme ça à un étranger qui nous fait l'honneur de sa visite, c'est honteux !

— Je ne suis pas misogyne puisque je m'adressais à un homme ! » tente-t-il de se justifier en désignant le fiscaliste.

Paul demande à tout le monde de se calmer. Puis il s'approche très près de son ami qui, l'espace d'un instant, se demande si un type en robe serait capable de lui coller son poing dans la figure. Mais non... Non, Paul n'a pas l'intention de se battre. Il veut juste asséner une dernière révélation à cet homme des cavernes aliéné.

« Je ne suis pas un homme, Jean-Pierre. Tu entends ? Je ne suis pas un homme. »

23 h 00

Paul, après avoir soufflé son haleine sur le visage de Jean-Pierre, est retourné s'asseoir. On dirait qu'il boude. Réconforté par sa femme qui lui caresse le visage et lui sourit comme à quelqu'un qui vient d'avoir eu le courage de dire enfin qui il est, il expose sa défiance en vitrine. Isabelle s'est maintenant carrément assise sur l'une des cuisses glabres du Suédois en slip, tandis que son mari se demande s'il n'est pas victime d'hallucinations. La colère se mêle maintenant à l'inquiétude, à tel point qu'elle prendrait presque le dessus...

« Tu n'es pas un homme ? C'est ça que tu viens de me dire ?

— Parfaitement.

— En même temps, ça ne m'étonne pas... Avec des frusques pareilles sur le dos...

— Je suis *gender fluid*, Jean-Pierre.

— Tu es quoi ?

— Paul est *gender fluid*, dit Solange en regardant son mari d'un air énamouré qui tranche avec son offense affichée.

— Quoi ?

— Il est non binaire, si tu préfères, complète Solange.

— Hein ?

— Non binaire ! hurle Isabelle, comme si elle s'adressait à un sourd. »

Devant la mine incrédule de Jean-Pierre, le voisin croit bon d'expliquer les choses...

« Le *gender fluid*, ou non-binaire, est une personne dont l'identité sexuelle ne correspond pas au sexe féminin ou masculin, et qui se définit en dehors de la dualité homme-femme... Ce qu'essaye de vous dire votre ami, c'est qu'il est non genré. »

Captivé par l'exposé (car, mine de rien, il essaye de comprendre), Jean-Pierre en oublie même que sa femme vient d'enrouler son bras gauche autour du cou de l'homme en slip.

« Qu'est-ce que c'est que ce charabia ? C'est du suédois ?

— Non, répond Björn Borg, c'est du français. Du français correct. Et vous feriez bien de l'employer...

— C'est qu'il me donnerait des leçons, en plus, le naturiste !

— Il a quel âge exactement votre mari ? demande le Suédois à Isabelle qui vient de déposer un baiser chaste sur sa tempe.

— Ce soir, je ne peux pas vous répondre... C'est Cro-Magnon. »

Entendre le mépris de sa femme à son égard et voir son visage, ce visage qu'il a si souvent tenu entre ses mains et embrassé, collé à celui du voisin, c'est de la dynamite dans le cerveau déjà bien atteint de Jean-Pierre.

« Attention, Isabelle ! Je te jure, fais très attention ! »

Réagissant à ces menaces, si peu voilées, le Suédois se lève, après avoir déplacé sur le côté avec grâce le corps d'Isabelle. Dans ce mouvement, tous ses muscles témoignent physiquement de leur action. Il avance d'un pas sûr et tranquille vers Jean-Pierre qui, impressionné, recule légèrement.

« Vous voulez réduire au silence votre partenaire de vie ? La frapper peut-être ? »

Jean-Pierre sent peser sur lui les regards des trois autres. Il ne parvient pas à savoir s'ils espèrent une réaction d'orgueil de sa part (tout de même, un homme en slip tenait sa femme sur sa cuisse) ou, au contraire, s'ils se repaissent d'ores et déjà de sa peur d'affronter un type qui lui mange la soupe sur la tête et dont il ne pourrait faire avec ses deux mains le tour des biceps.

« C'est toi que je vais frapper, c'est toi ! » réplique-t-il sans grande conviction.

Plutôt que le visage déformé par l'acrimonie de l'agresseur, Björn lui offre celui, apaisé, du moine bouddhiste.

« Colère et incohérence sont les ennemis d'une bonne compréhension...

— T'as beau me sortir des proverbes chinois, je vais te taper ! Je vais te taper ! »

Jean-Pierre fait des petits bonds sur lui-même, sans se rendre compte du ridicule de la situation. Il paraît être une sorte d'asticot défiant un dragon de Komodo au sang froid, dont l'immobilité ne trahit pas un manque d'agilité et de puissance, bien au contraire.

« On ne peut battre son adversaire que par l'amour et non la haine. La haine est la forme la plus subtile de la violence. La haine blesse celui qui hait.

— Je m'en branle de tes citations de Confucius, connard ! »

En réalité, Jean-Pierre a peur. Peur que cet athlète accompli au corps d'airain ne l'étale au sol. Une pichenette suffirait sans doute.

« Ce n'est pas du Confucius, c'est du Gandhi. »

Jean-Pierre se glisse hors de portée du Suédois et, en fuyant (car, oui, il fuit) se poste à trois bons mètres de lui.

« Du Gandhi, ça ne m'étonne pas ! C'est pour ça qu'il est en slip ! Fais gaffe, Isabelle, bientôt, il va prendre tes fleurs et balancer les pétales derrière lui ! Et peut-être même se faire une toge avec tes rideaux ! »

Borg a suivi le mouvement de retraite effectué par son interlocuteur. Il s'approche à nouveau dangereusement de lui.

« Ne méprisez pas votre partenaire de vie...

— Enfin Isabelle, dis quelque chose ! »

Sa femme ne dit rien. Elle suit la scène des yeux sans émotion. Et Jean-Pierre tremble. Cette fois, oui, il tremble. Le voisin a fait un pas de plus vers lui.

« Ne maltraitez pas votre partenaire de vie...

— Isabelle ! la supplie Jean-Pierre, mais rien ne vient.

— C'est mal... gronde le Suédois.

— Isabelle ! Dis quelque chose ! Je t'ai déjà battue ? J'ai déjà levé la main sur toi ? Non ! Bon ben alors...

— Violence et promesse, c'est tout ce que tu détestes, la mort aussi. Sublime et silence, le vide aurait suffi. »

Jean-Pierre est coincé dans un angle du salon, le mastodonte lui bloque toute issue de secours.

« C'est du Gandhi encore ? demande-t-il d'une petite voix intimidée par l'effroi.

— Non, c'est du Julien Doré.

— Jeanne Mas et maintenant Julien Doré, c'est bien, on aura refait tout le Top 50 ce soir, insiste Jean-Pierre.

— Le Top 50 n'existe plus, Jean-Pierre, intervient Paul en procureur.

— Tes idées n'existent plus, Jean-Pierre, confirme Solange. »

L'incriminé est à deux doigts de tomber à genoux et de supplier.

« Isabelle, merde ! Dis quelque chose !

— Tu te dilues, mon pauvre... Tu t'effaces... Tu disparais... », lui lance Isabelle en guise de bouée de sauvetage crevée.

Le Suédois lève une main vers Jean-Pierre qui se protège le visage. Mais la main du géant n'est pas destinée à s'aplatir avec fracas sur sa gueule blême. Elle se pose derrière son cou. Et d'une légère pression, néanmoins suffisamment ferme pour être efficace, le dirige vers le canapé où elle l'oblige à s'asseoir. Il n'est plus qu'une poupée qu'on manipule.

Borg, Isabelle, Paul et Solange lui font face. Le pantin est au tribunal.

« Qu'est-ce que ça veut dire "tu t'effaces" ? Hein ? Qu'est-ce que ça veut dire ? » Isabelle secoue la tête, il ne comprend décidément rien... « Tout ça parce que j'ai dit que Paul était un homme ? Paul, sous ta jupe, t'as une bite, non ? »

Solange fait une grimace de dégoût.

« On ne réduit plus les gens à leur sexe, lui crache Paul. Je peux très bien me sentir femme...

— Avec une bite ?

— J'ai honte... murmure Isabelle.

— Mais quoi, j'essaye de comprendre, gémit Jean-Pierre... Ça veut dire que Paul est une lesbienne avec une bite ?

— Tu me fais honte, tu nous fais honte, tu fais honte au monde entier... »

23 h 15

Quatre paires d'yeux posées sur lui. Jean-Pierre voudrait disparaître. Se faire avaler par le canapé. Isabelle, Björn, Paul et Solange sont silencieux. Ils attendent, mais quoi ? Une petite voix lui susurre : « Tire-toi de là, tu ne leur dois rien... » C'est vrai, l'accusé n'est pas entouré de deux gendarmes. Qu'est-ce qui l'empêche de se lever et de partir ? De les laisser plantés là ? Et peut-être même de les foutre dehors, il est chez lui après tout ? Pourtant, il est tétanisé. C'est l'heure du jugement dernier. Alors qu'ils jugent, bon Dieu, qu'ils jugent ! Mais rien ne sort de leurs bouches. Que veulent-ils ? Qu'il parle en premier ? Qu'il s'explique ? Qu'il se justifie ? Ils n'ont pas le droit ! « Bats-toi, bordel, bats-toi ! » assène la petite voix.

« Alors toi déjà, tu vas m'expliquer ce que tu as fabriqué avec un Noir en slip dans notre salle de bains ? »

Isabelle fronce les sourcils. Jean-Pierre se dit que ce n'était sans doute pas la phrase qu'elle attendait de lui.

« Avec quoi ?

— Ben... avec un Noir en slip !

— Qu'est-ce que tu racontes ? Je te jure que tu ne vas pas bien du tout...

— Quoi ? Il n'est pas en slip peut-être ?

— Je pense, Jean-Pierre, que ce n'est pas le mot "slip" qui pose problème, c'est le mot juste avant », explique Solange.

Il en a marre qu'on le prenne soit pour un fou, soit pour un débile. Il en a assez que chacune de ses phrases soit décortiquée et passée au tamis.

« Quoi ? Quel mot ? Le mot "noir", c'est ça ? Eh ben, oui... De la même façon que Paul est un travelo, lui est un Noir ! dit-il en désignant le Suédois du menton. Faut appeler un chat, un chat !

— Je ne suis pas noir, monsieur.

— Pardon ?

— Björn n'est pas noir, Jean-Pierre, insiste Isabelle.

— Arrêtez de vous foutre de ma gueule... Björn n'est pas noir ?

— Non, Jean-Pierre, confirme Paul. Björn n'est pas noir. »

L'accusé lance des regards désespérés autour de lui. Apercevant une télécommande, il bondit du canapé, s'en saisit et l'agite sous les yeux inertes des quatre juges.

« Et la télécommande, elle est de quelle couleur ? »

C'est Solange qui décide de s'exprimer en premier sur la pièce à conviction.

« Elle est noire.

— Voilà ! Merci Solange ! Comme quoi tu peux dire des

trucs intelligents, de temps en temps... La télécommande est noire... C'est bien, vous n'êtes pas daltoniens ! Vous êtes cons mais vous n'êtes pas daltoniens... La télécommande est noire ! Elle est noire ! »

Le bouillonnement de Jean-Pierre les laisse de marbre.

« Et alors ?

— Et alors, chère Isabelle, je crois que votre mari me compare à une télécommande... souffle le Suédois.

— Enfin, Jean-Pierre, Björn n'est pas une télécommande ! »

À nouveau éreinté, Jean-Pierre retourne s'affaler sur le canapé.

« Je retire ce que je viens de dire sur ton intelligence, Solange...

— Excuse-toi, Jean-Pierre ! intime Isabelle. Excuse-toi immédiatement... Auprès de Paul dont tu as critiqué la robe, auprès de Solange dont tu remets en cause les capacités intellectuelles, et auprès de Björn que tu compares à une télécommande... Demande pardon à l'humanité tout entière !

— Avant que je demande pardon à l'humanité tout entière, réponds à ma question, Isabelle, et cette fois sans faux-semblants... Moi, je suis blanc, on est d'accord ? »

Les quatre se regardent. Une sorte de concile muet. C'est dans le silence et sans geste qu'ils décident que c'est Paul qui va répondre à la question de Jean-Pierre. Question qu'ils jugent tous bien évidemment consternante.

« Ben non... Non, tu n'es pas blanc.

— Putain mais c'est pas vrai... laisse échapper Jean-Pierre, effondré.

— Tu réduis Björn à la couleur de sa peau ? lui demande Paul.

— Je ne réduis rien du tout ! Je constate. Je ne fais que constater... C'est un crime de constater ?

— En Suède, c'en est un... annonce Borg.

— Ta gueule ! hurle Jean-Pierre. Ta gueule ! Arrête de nous emmerder avec ton pays de joueurs de tennis !

— Tu es raciste, Jean-Pierre, émet Isabelle.

— Quoi ?

— Isa a raison, tu es raciste, Jean-Pierre, confirme Solange.

— C'est faux ! Je ne suis pas raciste !

— Tu es raciste, Jean-Pierre, enchaîne Paul.

— C'est pas raciste de dire que ce Suédois est noir, merde à la fin ! »

Sa vue se trouble. Les visages de ses juges lui apparaissent déformés, grimaçants, obscènes. Bien qu'ils soient étouffés, les mots « horrible », « odieux », « ignoble » atteignent ses oreilles bourdonnantes. Il veut se lever, sortir de la pièce, quitter ce théâtre d'ombres agressives, bref ! sauver sa peau. Mais ses jambes n'arrivent plus à le porter. Et le flot de qualificatifs reprend de plus belle...

« Réactionnaire ! »

« Misogyne ! »

« Homophobe ! »

« Transphobe ! »

« Raciste ! »

« C'est pas vrai... C'est pas vrai... bégaye-t-il. Je ne suis pas... Je ne suis pas tout ça... Je ne suis pas raciste...

— Tu n'es pas raciste ? lui demande Isabelle sans se soucier de son état. Alors prouve-le. »

Quasiment allongé sur le canapé, l'œil vitreux, de grosses gouttes de sueur lui dégoulinant sur les tempes, Jean-Pierre trouve à peine la force de lui demander comment... Comment le lui prouver ?

Isabelle prend la deuxième robe qui lui était destinée et la lui jette.

« Tu vas enfiler cette robe et tu vas faire l'amour avec Björn. » Jean-Pierre fait signe qu'il n'a pas bien entendu... « Je te répète, tu enfiles cette robe et tu fais l'amour avec Björn. »

En fait, il avait bien entendu. Mais il refusait d'y croire. Elle n'est pas sérieuse ? Ils sont tous devenus fous... Ils sont devenus totalement fous !

« Ça va pas, non ? parvient-il difficilement à articuler.

— Cette réponse sonne comme un aveu ! tonne Paul.

— Vous êtes dingues... Je ne vais pas me taper ce... ce... ce Suédois, juste pour vous prouver que je ne suis pas comme vous dites...

— Jean-Pierre, je suis très sérieuse, insiste Isabelle... Tu dois faire l'amour à Björn !

— Non...

— Si !

— Non...

— Si ! »

Cette fois, son mari se met en boule. Une position de défense. Comme le font les cloportes quand on les débusque. C'est d'ailleurs exactement ce que pense Isabelle à cet instant : « Mon mari est un cloporte... Un immonde cloporte ! »

« Et puis si ça se trouve, il n'a pas envie... implore Jean-Pierre. Hein, Björn, vous n'avez pas envie ? »

L'homme en slip se lève et sourit de ses belles dents blanches.

« Vous savez, j'ai placé toute ma vie sous le signe de l'*open mind*... Je ne suis donc pas en opposition avec la proposition de votre femme que je trouve d'ailleurs très courageuse. Et puis si cela peut vous faire gagner le chemin de la conscientisation bienveillante et inclusive, je n'y suis pas hostile. Au contraire.

— J'ai rien compris... marmonne Jean-Pierre.

— Enfile cette robe et va baiser avec Björn ! l'invective Isabelle qui en a assez que l'on tourne autour du pot. Sinon...

— Sinon ?

— Sinon, je te quitte, Jean-Pierre.

— Ça fait plus d'une heure qu'on essaye de te prévenir mais tu n'écoutes rien, persifle Solange.

— Il n'écoute pas ! crache Paul. Il n'écoute rien ! Il est bloqué dans ses carcans ! »

Jean-Pierre sent les larmes monter...

23 h 30

Des sanglots enfantins submergent Jean-Pierre. La brûlure des larmes sur le visage. La colère têtue du caprice qui, bien que réduite à sa plus simple expression, refuse de se taire. Le bégaiement des pleurs ininterrompus. La tristesse d'être triste.

« Non... Je veux pas... Je veux pas... Je veux pas faire l'amour avec Björn...

— Il n'est même pas bloqué, il est cadenassé », estime Paul, insensible aux suppliques larmoyantes de cet homme de cinquante-cinq ans en position fœtale qu'il surplombe avec ses trois comparses.

Le Suédois se contient et s'assoit à côté de Jean-Pierre. Avec beaucoup de douceur, il le relève et lui prend la main.

« Allez, venez, ne faites pas l'enfant... »

Le cloporte fait non de la tête. Un non qui demande pardon d'avance.

« Tant pis pour toi ! » lui dit Isabelle d'une voix blanche, comme s'il s'agissait d'une sentence ferme et définitive.

Jean-Pierre tend la main qui lui reste vers sa femme...

« Ne me quitte pas Isabelle, je t'en supplie, ne me laisse pas... Je ferai tout ce que tu veux mais pas ça... »

Solange fait signe à son mari qu'il est temps pour eux de s'en aller.

« Je suis désolé, Isabelle, explique Paul, mais nous ne resterons pas un instant de plus en présence d'un transphobe, d'un homophobe, d'un misogyne et d'un raciste...

— On a accepté beaucoup de choses ce soir, mais là, c'en est trop », ajoute Solange.

Björn presse un peu plus la main de Jean-Pierre.

« Allez, venez, vous dis-je... Vous risquez aussi de perdre vos amis...

— Je veux pas... Je veux pas... »

Isabelle accompagne le couple dans l'entrée.

« Merci à tous les deux d'avoir tenu jusque-là... Je vous demande pardon pour cette soirée.

— Ne t'excuse pas, Isabelle, la réconforte Solange qui passe son sac en bandoulière, tu n'y es pour rien. On te plaint beaucoup, tu sais...

— Oh oui ! On te plaint énormément même, approuve Paul. Mais tu pourras toujours compter sur nous...

— Contrairement à lui... fait Solange en montrant leur hôte d'un soir prostré sur le canapé. Sale type !

— Dès que tu l'auras quitté, tu seras la bienvenue chez nous, ajoute Paul, suffisamment fort pour que Jean-Pierre l'entende.

— Me quitte pas Isabelle... Me quitte pas ! », gémit Jean-Pierre.

Le couple d'amis jette sur lui un œil plein de commisération. De la pitié mâtinée de dégoût.

« Pauvre type, lâche Paul.

— Ne dites pas ça... Je vous présente mes excuses... Je retire tout ce que je vous ai dit... J'adore votre humour... J'aime les fiscalistes et Jeanne Mas... Et c'est pas vrai qu'elle est moche, votre fille... Je l'ai dit mais je ne le pensais pas ! Avec un bon régime, elle s'en sortira, la grosse ! »

On peut maintenant lire tout le mépris du monde dans les yeux des parents de Victoire.

« Paul a raison, tu seras évidemment la bienvenue à la maison si tu te débarrasses de lui », dit Solange en caressant la joue d'Isabelle.

Jean-Pierre tourne la tête vers eux et les implore...

« Je vous en supplie, geint-il encore, ne partez pas ! Elle te va très bien, ta robe, Paul ! Je vous promets de faire des efforts avec les travelos !

— En revanche, si tu restes avec lui, ajoute Paul, l'air désolé, on ne remettra plus les pieds ici.

— Vraiment ?

— Vraiment ! répondent-ils en chœur...

— C'est noté ! » conclut Isabelle, avant de claquer la porte sur l'air soudainement interrogatif de ses amis.

En petit tas sur son canapé, Jean-Pierre les entend dans le couloir hurler : « Les fiscalistes ne te saluent pas, ordure ! »

« Ordure ! »

23 h 42

Isabelle est revenue dans le salon. Visage fermé à double tour. Elle s'assoit en face de son mari dont la main est toujours cadenassée dans celle du Suédois.

« Tu es content de toi, imbécile ? »

Jean-Pierre n'a pas plus la force de répondre à sa femme que de s'extraire de la pression affective de Björn. Il n'a plus la force de rien.

« Laissez, Isabelle, je m'en charge, dit l'homme en slip, on va discuter tous les deux... »

Soulagée et reconnaissante, Isabelle sourit à son sauveur, et s'en va sans dire un mot.

23 h 50

Les minutes se sont écoulées, silencieuses. Le Suédois n'a pas lâché Jean-Pierre, ni de la main, ni du regard. Une attention bienveillante, empreinte de compassion.

Son captif ne bouge pas mais il respire encore. Il n'est pas tout à fait mort. De la vie et du monde, il ne lui reste que le souffle de sa propre respiration et la chaleur de la main de Björn.

« Pourquoi, Jean-Pierre ?

— Pourquoi quoi ?

— Pourquoi ne pas vouloir adhérer ?

— Adhérer à quoi ?

— Au projet.

— Quel projet ?

— Le projet commun.

— Quel projet commun ?

— Le projet de l'humanité, Jean-Pierre... La marche du monde. L'inexorable marche du monde vers le bien.

— La marche du monde ?

— Tu es mon ami, Jean-Pierre, tu es mon frère humain. Je ne te laisserai pas au bord de la route. Aucune de tes sœurs, que ce soit Solange ou Isabelle...

— Isabelle n'est pas ma sœur, c'est ma femme, l'interrompt Jean-Pierre.

— ...ni aucun de tes frères, qu'il s'agisse de Paul ou de moi, ne veut t'abandonner sur le bord de la route du progrès. Tu n'as pas envie d'être abandonné, n'est-ce pas, Jean-Pierre ?

— Non... Elle revient quand, ma femme ?

— Chut... Isabelle n'est pas loin, le monde n'est pas loin... » Le Suédois désigne de l'index un point imaginaire... « Regarde, il veut t'accueillir... Le présent veut t'accueillir... Le futur t'a même construit un berceau pour le nouvel être humain que tu dois être... Alors entre en adhésion... Entre en adhésion... Adhère, Jean-Pierre, adhère... »

Jean-Pierre fixe la direction fantasmée. Il est hypnotisé. Il ne pense plus à rien et ses paupières sont lourdes.

23 h 55

Quand Isabelle, manteau sur les épaules et sac en bandoulière, revient dans le salon, elle ne voit de dos que la tête de son mari qui dépasse du canapé. Björn, penché sur lui, ne s'est pas aperçu du retour de celle-ci. Isabelle, silencieuse, observe ce tableau dont elle ne distingue pas encore tous les détails. C'est beau et mystérieux comme un tableau de Raphaël. C'est la Renaissance italienne qui prend les couleurs et la lumière du vingt et unième siècle mondialisé. L'homme noir pose son regard doux sur l'homme blanc, inerte. Est-il déjà mort ? Ou bien simplement endormi ?

Isabelle s'approche à pas menus, comme pour ne pas déranger la beauté de l'instant suspendu. À cette distance rétrécie, elle peut préciser son observation sans entraver la magie du moment. Jean-Pierre n'est pas décédé. Elle discerne un léger mouvement du ventre de son mari, il respire encore. Il dort, tout simplement. Son visage jusqu'alors brouillé par la bêtise, attaqué par la peur, enlaidi par la colère, affiche maintenant les traits de la sérénité. Un visage d'enfant calmé par le sommeil, cette intimité qu'on ne saurait profaner. Isabelle retient sa respiration...

Björn approche ses lèvres de celles de Jean-Pierre et y dépose un baiser feutré, léger comme du coton. Puis de sa grande main satinée, il entreprend avec douceur de déboutonner la chemise du bel endormi. Un bouton, deux boutons, trois boutons... Le dormeur du XVe arrondissement de Paris ne réagit pas, son existence au monde ne se résume plus qu'à cette discrète palpitation abdominale. Jean-Pierre n'est plus qu'une biologie à peine frémissante. Isabelle en est troublée, sans pouvoir définir la nature exacte et les contours de ce trouble.

Lorsque le Suédois glisse une main baladeuse dans la chemise entrebâillée de l'assoupi, celui-ci marque enfin un très léger tressautement avant de retrouver dans l'instant le monde ouaté de l'inertie. Björn promène ses phalanges caressantes sur le torse de Jean-Pierre qui n'aura finalement quitté les bras de Morphée qu'une infime fraction de seconde, le temps d'un léger grognement dont Isabelle ne peut dire s'il était de plaisir ou de mal-être.

En voyant les doigts du Suédois se diriger vers la ceinture du pantalon de son mari amorphe, elle sent son cœur s'accélérer, craignant même que ses battements viennent briser le silence religieux de la scène... Avant de l'espérer.

Quelque chose ne va pas. Isabelle sent s'installer une gêne en elle. Celle d'observer un tableau sensuel entre deux hommes, dont l'un est son mari ? Pas seulement. C'est le silence qui l'embarrasse. Son silence. Ses cordes vocales, sa bouche, ses lèvres s'animent presque indépendamment de sa volonté, de sa conscience. Sa parole se libère.

23 h 57

« Vous avez obtenu son consentement ? »

Björn, qui ne s'était toujours pas rendu compte de la présence de la spectatrice, sursaute et tourne vers elle un visage sombre.

« Vous m'avez fait peur ! Vous êtes cinglée !

— Pardon ? répond Isabelle, stupéfaite, pendant que son mari sort de son coma.

— Hein ? Quoi ? Qu'est-ce qui se passe ? baragouine Jean-Pierre, hagard et débraillé.

— Avez-vous obtenu le consentement de mon mari ? » insiste Isabelle, plus fermement cette fois.

L'homme en slip délaisse sa proie et se lève, inquiétant dans sa majesté.

« Hé, ho ! Vous commencez à m'emmerder ! Vous inondez mon plafond, je dois me coltiner vos abrutis de copains, vous me chargez de rééduquer l'autre connard...

— Hein ? Quoi ? Qui ça ? bafouille Jean-Pierre, toujours affalé sur le canapé, et encore englué dans sa léthargie.

— L'autre connard, comme vous dites, c'est mon mari. Et je vous demande si vous avez obtenu son consentement ? »

Jean-Pierre se lève avec difficulté, tremblant sur ses jambes, ne comprenant pas grand-chose à l'échange agité, nerveux, entre sa femme et le Suédois.

« Je vais mettre la robe, Isabelle ! Je te promets que je la mettrai ! Mais ne me quitte pas, je t'en supplie !

— Ce n'est pas le problème... Tu nous fatigues avec ta robe ! Björn a-t-il obtenu ton consentement ?

— Mon quoi ? »

Le Suédois, constatant la déchéance de Jean-Pierre, affiche un sourire mauvais.

« Quel consentement ? murmure-t-il à l'oreille d'Isabelle. Votre mari est une loque... On ne demande pas son consentement à une loque... »

Isabelle, sans vaciller le moins du monde, s'empare d'un geste ferme de la partie la plus charnue du slip du Scandinave et presse de toutes ses forces. Björn se tord de douleur, puis réussit tant bien que mal à se dégager de son emprise.

« Putain ! Elle m'a fait mal, cette pute ! »

23 h 59

Björn, grimaçant, se tient l'entrejambe. Un mélange de stupeur, de souffrance et de fureur obscurcit un peu plus ses yeux plantés dans ceux, glacés, d'Isabelle. L'espace d'un instant, ces deux-là se mesurent, sous le regard du malheureux qui n'en est que le témoin ahuri, ébouriffé et bouche bée. Puis son épouse se tourne vers lui.

« Démonte-lui la gueule, Jean-Pierre...

— Hein ? Quoi ?

— Il m'a traité de pute... Démonte-lui la gueule.

— Je peux ? T'es sûre que je peux ?

— Démonte-lui la gueule ! »

À cette dernière sommation, Jean-Pierre se jette de tout son long sur le dos de Björn qui, sous le poids de l'assaillant, s'aplatit sur le sol. L'athlétique Suédois réussit à se relever, fait volte-face, et se rue à son tour sur notre héros qui se retrouve le nez contre la moquette. Les deux hommes, étreints dans une danse horizontale, une sorte de slow belliqueux, roulent enlacés l'un à l'autre.

Au moment où la roulade s'arrête, où Björn au-dessus de son adversaire lève le poing pour lui asséner un direct, Jean-Pierre voit sa femme, hiératique, surplombant le Suédois, enrouler la robe à fleurs (cette robe qu'elle lui destinait pourtant) autour de son cou… Et serrer.

Le poing levé s'abat dans le vide, épargnant la face de Jean-Pierre, tandis que de son autre main, il tente d'arracher le tissu de sa gorge, histoire de se donner un peu d'air. Mais Isabelle bride la robe de plus belle, congestionnant encore le visage du malheureux, qui cède et lève les mains.

« Allez, maintenant, dehors… »

Vaincu, Björn, à quatre pattes, abandonne le corps étalé de son adversaire et se laisse guider par Isabelle, qui le tient toujours fermement par la robe, vers la porte d'entrée de l'appartement. On dirait la maîtresse promenant son chien dangereux au bout d'une laisse.

Minuit pile

Jean-Pierre entend le voisin, probablement ivre de rage, tambouriner de l'autre côté de la porte. Ses oreilles bourdonnent, c'est insupportable.

Isabelle se tourne vers son mari, pareil à un petit tas de misères, assis en tailleur au milieu du salon. De l'entrée, elle lui montre la robe à fleurs qu'elle tient toujours dans la main gauche.

« Il faut que je la mette, c'est ça ? » bégaye-t-il.

Elle lève les yeux au ciel. Il l'agace, mon Dieu ce qu'il peut l'agacer !

Jean-Pierre entend son propre souffle. Le souffle du taureau dans l'arène avant la mise à mort. Ses narines sont des nasaux d'où sort l'air chaud de l'enfer. Sa vue se brouille.

« Je vais la mettre, promis, je vais la mettre... »

La robe qu'agite toujours sa femme a perdu ses motifs. Les fleurs ont disparu. Elle est maintenant d'un rouge uniforme dont la vivacité lui abîme la rétine. Il plisse encore un peu plus les yeux quand un éclat de lumière vient fendre le brouillard de son regard troublé. C'est le reflet de la lame de l'épée que tient Isabelle dans sa main droite. Dans un geste ample et lent, elle la soulève...

« Épargne-moi, mon amour, je te jure de mettre cette robe, je te jure de changer... »

Jean-Pierre sent son corps se mouvoir malgré lui, poussé par une force qui lui échappe, et se positionner juste en dessous de la pointe de l'épée. Son cou est à sa merci. Même si l'acier ne s'y est pas encore enfoncé, il sent une douleur monter dans sa nuque, à mesure que ses paupières se ferment.

C'est cette douleur à la nuque qui réveille Jean-Pierre. Sa tête endolorie a basculé à l'arrière du canapé. Combien de temps a-t-il dormi ? Quelques heures ? Quelques minutes ? Quelques secondes ? Avec difficulté, il réajuste son corps engourdi pour regarder le cadran de sa montre... Il est...

18 h 16

Jean-Pierre se frotte le visage pour sortir de sa torpeur. Il fait jour dans le salon. Il porte son vieil imperméable. Il est donc dans le monde d'avant.

« Jean-Pierre, tu es là ? »

C'est la voix d'Isabelle qui semble provenir de la salle de bains. Il préfère ne pas répondre afin qu'elle répète sa question, histoire d'être sûr, d'être sûr et certain qu'il est bien revenu dans le monde d'avant.

« Jean-Pierre, tu es là ? »

Jamais il n'a été aussi heureux d'entendre sa femme poser une question aussi simple, aussi bêtement naturelle. Il a la bouche pâteuse.

« Oui, oui... Je suis là. »

Du regard, il balaye le salon : rien n'a bougé, rien n'a changé, tout est en place. Il pourrait embrasser chacun des meubles scandinaves, qui jusqu'ici le laissaient de marbre, tant il est soulagé de retrouver son petit monde.

« Ça tombe bien que tu sois rentré tôt... Tu n'as pas oublié qu'on a Solange et Paul à dîner ce soir ? »

À l'évocation de ces prénoms, un léger frisson lui parcourt l'échine, une raideur s'empare de sa colonne vertébrale.

« Non, non, je n'ai pas oublié, mais tu es sûre que... »

Jean-Pierre préfère ne pas finir sa phrase. Il voudrait que le temps s'arrête. Sait-on jamais...

« Tu as vu, sur la table basse ? »

À la vue de la boîte enrubannée, il sent maintenant l'angoisse revenir s'infiltrer dans tous les pores de sa peau. Et s'il y avait une robe à l'intérieur ?

« Tu peux ouvrir... J'espère que ça te fera plaisir... »

Il doit vérifier. En avoir le cœur net. Du courage, Jean-Pierre, du courage...

Il prend le paquet, le tient entre ses mains, hésite à l'ouvrir. Comme il y a quelques années quand Isabelle suspectait chez son mari un cancer de la peau, et qu'il avait pris plusieurs minutes, le cœur battant, avant de se décider à ouvrir l'enveloppe qui contenait les résultats de la biopsie. Et si c'était un mélanome ?

Et si c'était une robe ?

Après avoir pris une grande inspiration, il arrache le ruban et ouvre la boîte...

C'est une robe. Une robe rouge. Rouge vif.

« Alors ? Ça te plaît ? » Il sent le sol se dérober sous lui... « Je me disais que ça changeait... Mais si ça ne te plaît pas, je la ramène à la boutique... »

Du courage, Jean-Pierre, du courage...

En moins de deux, il enlève son imperméable, sa veste, sa chemise, son pantalon, et enfile la robe tant bien que mal. Les bretelles lui scient les épaules. Son grand corps d'homme des cavernes se trouve comprimé dans la soie.

« Je ne suis pas sûre de la taille », lance Isabelle, le sourire dans la voix.

Résigné, oubliant qu'il risque à tout moment de déchirer l'étoffe, il s'affaisse à nouveau dans le canapé. Son regard vide de toute émotion est rivé au pantalon abandonné par terre...

« Qu'est-ce que tu fais ? »

Jean-Pierre sort de son hypnose. Isabelle est là, en peignoir, les yeux écarquillés.

« Hein ?

— Qu'est-ce que tu fais dans cette robe ?

— Tu as dit que... Que c'était pour moi... Alors je pensais que tu voulais...

— Oui enfin... C'était une façon de parler ! Je me disais juste que ça te ferait plaisir que je porte cette robe ce soir... Des robes chics comme ça, je n'en mets pas tous les jours... »

En regardant de haut en bas son mari, encore chaussé de ses bottines en cuir, ses bras poilus ballants, son buste boudiné dans la jolie robe de soirée rouge, Isabelle est prise d'un fou rire qu'elle aimerait pourtant pouvoir réprimer, vu la tête déconfite de Jean-Pierre, à présent au bord des larmes...

« J'ai cru que... »

Isabelle prend sur elle pour retrouver son sérieux. Bien qu'encore secouée par quelques spasmes, elle réussit tout de même à s'asseoir à côté de lui, pose une main sur la cuisse à demi nue de son mari.

« C'est vrai qu'on te reproche souvent – et à raison – de ne pas changer, de ne pas évoluer, mais là... Là, c'est peut-être un peu radical comme changement, non ? » Cette fois, les larmes roulent sur les joues rêches et grises de Jean-Pierre. « On va annuler Solange et Paul ce soir, tu es fatigué. Et demain, je te prendrai rendez-vous chez le psychiatre. Peut-être même qu'une petite hospitalisation... Et puis si ça va mieux cet été, on ira faire du yoga à La Bourboule... Tu verras, ça te fera le plus grand bien. »

18 h 19

C'est ici que nous quittons notre héros. Engoncé dans sa robe rouge, il a posé sa tête de chien battu sur l'épaule de sa femme. Il renifle. Elle sourit. Un sourire énigmatique que Jean-Pierre trouverait certainement inquiétant s'il le voyait.

La folie des uns engendre celle des autres.

Remerciements

L'auteur remercie...

Jean-Louis Festjens et Élisabeth Violleau pour leurs précieux conseils,

Laurent Gerra, Pascal Fioretto, Stéphane Rose et Bernard Mabille pour leurs encouragements,

Gérard de Verdière, qui lui a transmis le goût des livres,

Et Dominique de Verdière, sans qui il ne serait pas de ce monde puisqu'elle l'y a mis.

Cet ouvrage a été achevé d'imprimer sur Roto-Page
par l'Imprimerie Floch à Mayenne en mai 2022
N° d'édition : 7198 – N° d'impression : 100596
Imprimé en France